मछली-मछली कितना पानी

D1877513

मछली-मछली कितना पानी

प्रताप सहगल

वाणी प्रकाशन

वाणी प्रकाशन

4695, 21-ए, दरियागंज, नयी दिल्ली 110 002

फ़ोन : +91 11 23273167 फ़ैक्स : +91 11 23275710

शाखाएँ

अशोक राजपथ, पटना 800 004, बिहार

कॉफ़ी हाउस कैम्पस, महात्मा गांधी मार्ग, इलाहाबाद 211 001, उत्तर प्रदेश

महात्मा गांधी अन्तरराष्ट्रीय हिन्दी विश्वविद्यालय, वर्धा 442 001, महाराष्ट्र

सुल्तानिया रोड, मोतिया पार्क, भोपाल 462 001, मध्य प्रदेश

www.vaniprakashan.com
marketing@vaniprakashan.in
sales@vaniprakashan.in

MACHHLI-MACHHLI KITNA PANI
by Pratap Sehgal
ISBN : 978-93-5000-720-4
Collection of Stories

© 2012 प्रताप सहगल

प्रथम संस्करण 2012
आवृत्ति 2021

मूल्य : ₹ 295

इस पुस्तक के किसी भी अंश को किसी भी माध्यम में प्रयोग करने के लिए प्रकाशक से लिखित अनुमति लेना अनिवार्य है।

आर. टेक ऑफ़सेट प्रिंटर्स, दिल्ली-110 032 में मुद्रित

वाणी प्रकाशन का लोगो मक़बूल फ़िदा हुसेन की कूची से

क्लासिकी तबीयत के रचनाकार
अपने मित्र
विनय की स्मृति में–

फ़िर से कहानी

कम ही लोग जानते होंगे कि मैंने अपनी पहली कहानी 1961 में लिखी थी। उन दिनों बेकारी की समस्या आज से कहीं ज़्यादा फ़िक्र पैदा करने वाली थी। मैं तब नवीं कक्षा में पढ़ता था और दो साल बाद मुझे भी नौकरी के दंगल में कूदना था। शायद तभी मुझे बेकारी की समस्या कुछ ज़्यादा गम्भीरता से नज़र आने लगी थी। मेरी पहली कहानी का विषय बेकारी ही था। एक बेकार युवा पर लिखी गयी उस कहानी का शीर्षक भी 'बेकार' था। एक सज्जन ने मुझे उस कहानी को वीर अर्जुन में भेजने का सुझाव दिया। मैंने भेज दी और वह वीर अर्जुन के साप्ताहिक अंक में छप भी गयी। जिन्होंने पढ़ी, उन्हें अच्छी लगी और इस तरह से कहानी लिखने का सिलसिला शुरू हुआ। एक और कहानी 'अपरा' में छपी, एक 'परांगव' में और दो-एक कहानियाँ कहीं और भी छपीं। लेकिन पता नहीं क्यों कहानी लिखने का सिलसिला अटपटे ढंग से ही चलता रहा। फ़िर कुछ मित्रों के साथ मिलकर एक समवेत कहानी-संग्रह निकालने की योजना बनी। सम्पादन का भार मुझे सौंपा गया। उसमें ओम गुप्ता, अशोक शर्मा, सुरेश धींगड़ा, शशि और मेरे समेत कुल छह कहानीकार थे। 'अब तक' नाम से यह कहानी-संग्रह 1978 में छपा।

कविता और नाट्य-लेखन साथ-साथ चल ही रहा था, लेकिन न जाने क्यों कहानी-लेखन छूट गया।

इस दशक की शुरुआत में ही मन कहानी लिखने के लिए फ़िर कसमसाने लगा। हालाँकि मेरे नाटकों की खासी चर्चा हो रही थी। कविता में भी थोड़ा-बहुत नाम ले ही लिया जाता था, लेकिन मुझे कहीं यह कीड़ा काटने लगा कि मैं अपने कुछ अनुभव सिर्फ़ कहानी के माध्यम से ही साँझा कर सकता हूँ। इसी फ़िराक़ में मैं फ़िर कहानी की ओर मुड़ा और एक लम्बे वक़्फ़े के बाद 'मछली-मछली कितना पानी' लिखी, जो तुरन्त 'इंडिया टुडे' में प्रकाशित हुई और पाठकों द्वारा पसन्द की गयी। कहानी लिखने का हौसला बढ़ा और कहानी-लेखन का सिलसिला फ़िर से

शुरू हो गया। इस संग्रह की सभी कहानियाँ पिछले सात-आठ वर्षों में लिखी गयी कहानियाँ हैं। पहले की लिखी गयी प्रकाशित-अप्रकाशित कहानियों में से किसी भी कहानी को इस संग्रह में शामिल नहीं किया गया।

अगर आपके पास कहने के लिए कोई विषय है तो कहानी ख़ुद-ब-ख़ुद तरतीब लेने लगती है। चमत्कार पैदा करने से कई बार कहानी पाठक को चमत्कृत तो कर देती है, लेकिन कुछ वक़्त के बाद वे कहानियाँ स्मृति का हिस्सा नहीं रहतीं। कहानी में कहानीपन बना रहे और अपनी बात कह दी जाये तो वह कहानी पाठक के किसी समानान्तर अनुभव से जुड़ जाती है। मेरी यह कहानयाँ कुछ कहने के लिए ही लिखी गयी कहानियाँ हैं। पत्रों या टेलीफ़ोन से मिलीं पाठकों की प्रतिक्रियाएँ अगर कोई आईना हैं तो मैं कह सकता हूँ कि यह कहानियाँ पाठकों द्वारा पसन्द की गयी कहानियाँ हैं।

समय-समय पर यह सभी कहानियाँ इंडिया टुडे, समकालीन भारतीय साहित्य, जनसत्ता, समावर्त्तन, वीणा, समाज-कल्याण, पत्रकार सदन तथा साहित्य-अमृत आदि पत्रिकाओं में प्रकाशित हो चुकी हैं। इन सबके प्रति आभार।

1 जनवरी, 2011 **—प्रताप सहगल**

एफ़-101, राजौरी गार्डन
नयी दिल्ली-110027

अनुक्रम

मछली-मछली कितना पानी

मनोहर सिर्फ नाम का ही मनोहर नहीं, दिखने और बात करने में भी मनभावन था। मुझे वह बेहद पसन्द था। उसका मनभावनपन था या मेरी पसन्दगी, मैं मन ही मन उसे कई-कई नाम देता रहता। कभी मैं उसे सुमुख कहता, कभी सोचता उसका नाम मधुर होना चाहिए था। मूलतः तो वह अवध प्रदेश का वासी था, पर उसका लब्बो-लहज़ा दिल्ली की पुरानी तहज़ीब जैसा था। उसके बातचीत के अन्दाज़ को लखनवी अन्दाज़ भी कहा जा सकता था। मनोहर दिल्ली दैनिक में रिपोर्टर था और मुझ जैसे लेखकों को गाहे-बगाहे अख़बार वालों की ज़रूरत पड़ ही जाती है।

एक दिल्ली दैनिक का चीफ रिपोर्टर मेरा मित्र नहीं तो एक अच्छा परिचित ज़रूर था। यूँ वह खुद भी कवि था, इसलिए साहित्यिक ख़बरें छापने में उसकी रुचि बनी रहती थी। एक ऐसे ही कार्यक्रम की रिपोर्ट लेकर उसके पास पहुँचा तो देखा कि चीफ रिपोर्टर सुरेश गौड़ मुँह में पाइप दबाए टेलीफोन सुन रहा था। मुझे देखते ही आधा उठा आधा बैठा वाले अन्दाज़ में उसमें हरकत हुई और उसने मुझे सामने वाली कुर्सी पर बैठने का इशारा किया।

अख़बार का दफ़्तर। गहमागहमी तो थी वहाँ। फोन घन-घना रहे थे। रिपोर्टें इधर-उधर हो रही थीं। सुरेश को फोन पर बिज़ी पा मैंने इधर-उधर देखा कि शायद कोई और परिचित मिल जाये, पर दूर-दूर तक कोई परिचित नहीं दिखा। ख़ैर, फोन पर उसकी बात जल्दी ही खत्म हो गयी। बोला—"कहिए भूपि जी! क्या हाल हैं? आप इधर कभी आते नहीं, आज कैसे?" मैंने रिपोर्ट उसके सामने रखते हुए कहा, "आज ऐसे।"

सुरेश ने सरसरी निगाह से रिपोर्ट पढ़ी, फिर कहा—"ज़रा विस्तार से दो यार, ऐसा करो कि वो आपकी कॉलोनी में हमारा एक रिपोर्टर रहता है मनोहर...मैं उसे कह दूँगा, इसे विस्तार से लिखकर कल उसी के हाथ भिजवा दो। कार्यक्रम की कोई फोटो हो तो वो भी दे देना। सण्डे फीचर में लगवा दूँगा।" इतने में चाय आ गयी।

अगले दिन मैं रिपोर्ट और फोटो के कोई फोन किये बिना मैं सुरेश द्वारा दिये गये मनोहर के पते पर जा पहुँचा। कालबेल बजते ही दरवाज़ा एक भद्र महिला ने खोला। उसे देखते ही मेरे हाथ में पकड़ा हुआ लिफाफा गिरते-गिरते बचा। गोरा रंग, तेज़ नैन-नक्श, भूरी आँखें, भूरे ही बाल, भरा हुआ बदन। मैंने इससे पहले इतनी सुन्दर महिला कम ही देखी थी। मुझे अपने एक मित्र की याद आयी, जो पहाड़ से एक लड़की ब्याह कर लाया था। उसका सौन्दर्य एक शरारा था और यह अंगारा। क्षणभर तो मैं अवाक् रहा, फिर बोला—"जी वो मनोहर से मिलना था।"

"वो तो कहीं निकल गये हैं।" उसकी आवाज़ भी कम मधुर नहीं थी। कई बार बहुत सुन्दर महिला की आवाज़ इतनी ख़राब होती है कि सुनने के बाद व्यक्ति सोचता है—'नाहीं बोलती तो ठीक था', पर इस भद्र महिला की आवाज़ इतनी संगीतमय थी कि मन कर रहा था कि उससे और बात करूँ, लेकिन सुबह-सुबह क्या बात करूँ। उसने अन्दर आने के लिए भी तो नहीं कहा। मैंने ही पूछा—"कब मुलाकात हो सकती है?"

"आप काम बताइए...या अपना फोन नम्बर छोड़ जाइए...उन्हें बता दूँगी।" यह कहते हुए लगा जैसे वह दरवाज़ा बन्द करना चाहती है।

"यह एक रिपोर्ट है, दरअसल मुझे उनके अख़बार के चीफ रिपोर्टर सुरेश जी ने यहाँ भेजा है", यह कहकर मैंने स्वयं को आश्वस्त किया कि कोई अनाहूत मेहमान नहीं हूँ।

"अच्छा... अच्छा..." कहकर उसने लिफाफा मेरे हाथ से ले लिया और मनोहर का एक विज़िटिंग कार्ड देते हुए कहा—"आप एक घण्टे बाद उनसे बात कर लीजिए।"

अब मुझे वहाँ खड़े रहना मुश्किल भी लग रहा था और कुछ असभ्य भी, पर जाते-जाते मैंने उससे जानना चाहा कि—"आप...!"

"मैं उनकी पत्नी हूँ।"

इससे पहले कि वह दरवाज़ा बन्द करे, मैंने अबाउट टर्न कर लिया। मन था कि ठिकाने नहीं आ रहा था। यह होती है सुन्दरता। कौन आदमी ऐसी सुन्दरता की जंज़ीर में नहीं जकड़ना चाहेगा, पर कुछ बेरुखी भी थी यार उसमें... तो क्या वह एक अनजान आदमी को अन्दर बुला लेती... वक़्त देखा है, कैसा जा रहा है... और फिर खूबसूरती को देख किसकी नीयत खराब होने में कितना वक़्त लगता है, कौन जाने... तरह-तरह के तर्क-वितर्क करता हुआ लौटा। कुछ बेचैनी और कुछ सम्भव घटने की आशा में मैंने तीन-चार बार फोन किया, पर सिर्फ़ घण्टी बजती रही। घण्टे भर बाद मनोहर का ही फोन आ गया—"हलो, मैं मनोहर..."

"रिपोर्ट मिल गयी?"

"जी...प्रिया ने दे दी है।"

"प्रिया...!"

"हाँ, मेरी पत्नी, उन्हें दरअसल दफ्तर जाना था, आपको बिठा भी नहीं सकीं।"

मेरी जान में जान आयी। जो थोड़ा-सा अपमानित-सा अनुभव कर रहा था, वह भाव खत्म हो गया और मन ने प्रिया के व्यवहार के पक्ष में कई तर्क जुटा दिये।

"रिपोर्ट बहुत अच्छी है", मनोहर कह रहा था, "ऐसी ख़बरें और भी हों तो हमें दीजिए... नहीं फोटो तो शायद न जा सके... फिर भी सुरेश जी से बात कर लूँगा... कभी आइए न... एक प्याला चाय पिएँगे।"

फोन पर हुई बातचीत ने मुझे मनोहर के प्रति भी आकर्षित किया और अगली ही शाम का समय तय करके मैं उसके घर जा धमका।

"प्रिया नहीं दिख रही", मैंने अपनी उत्सुकता को भरसक दबाते हुए पूछा।

"आती ही होगी, मिलकर चाय पीते हैं।" और सचमुच चन्द मिनटों बाद ही प्रिया आ गयी। सारा दिन काम करने के बाद भी वह तरोताज़ा लग रही थी। उसने बड़ी बेपरवाही से एक कुर्सी सँभाली और पर्स एक ओर फेंकते हुए बैठ गयी।

"हलो", मैंने कहा।

"हलो" प्रिया ने कहा।

मनोहर ने पानी पेश किया और ब्रू होती हुई चाय को ट्रे में सलीके से सजाकर ले आया। प्रिया की सुन्दरता पर तो मैं एक तरह से मोहित ही हो चुका था। मनोहर की सुन्दरता भी कोई कम नहीं थी। अगर महिलाएँ प्रिया जैसी सुन्दर कम होती हैं तो पुरुष भी मनोहर जैसे सुन्दर कम ही होंगे। मन ने कहा—'जोड़ी अच्छी है।'

मनोहर का सलीका, उसकी तहज़ीब मुझे और भी अच्छी लगी। आम भारतीय परिवारों में कामकाजी महिलाओं के साथ भद्र-व्यवहार नहीं होता है, दोस्त या उससे भी एक पारम्परिक पत्नी, बहू, माँ और बहन की-सी अपेक्षाएँ की जाती हैं। पति सिर्फ पति होता है, दोस्त या हमसफर नहीं, ऐसे में मनोहर का व्यवहार मुझे आम पतियों से थोड़ा अलग लगा और अच्छा भी। उसी ने चाय बनाई और हम तीनों ने मिलकर पी। कुछ इधर-उधर की बातें की। इधर-उधर की बातों से ही मुझे पता चला कि उनकी एक बच्ची भी है। मन में सोचा प्रिया माँ तो लगती ही नहीं। अच्छा मेनटेन कर रखा है। यह भी पता चला कि दिल्ली आने से पहले वे दोनों कलकत्ता में काम करते थे। थे तो अलग-अलग अख़बारों में लेकिन मेल-मुलाकात हो ही जाती थी। प्रिया सिख परिवार से थी, यह पता चलते ही उसकी सुन्दरता,

उसकी देह का भराव मेरे लिए स्वीकार करना आसान हो गया। मन ने कहा—'पंजाबनें होती ही बला की सुन्दर हैं। खुद मेरी माँ कितनी सुन्दर थी। हीर भी इतनी सुन्दर न रही होगी।'

मनोहर यू.पी का था, लेकिन जगह-जगह काम करने की वजह से उसमें अन्य प्रदेशों के भी थोड़े-बहुत गुण समा गये थे। दिल्ली की औपचारिक हाय-हैलो भी उसने सीख ली थी, लेकिन लखनवी तहज़ीब वह पूरी तरह छोड़ नहीं पाया था। या शायद वही उसकी पहचान थी। हाँ तो कलकत्ता की बात कर रहा था—वहीं मनोहर और प्रिया में प्रेम हो गया और दोनों ने विवाह करने का फैसला ले लिया। दोनों परिवारों में उसका विरोध हुआ, लेकिन उन्होंने उसकी परवाह न करते हुए विवाह कर लिया। तब उन दोनों को यह लाभ था कि यह सिर्फ उन्हीं का मिलन नहीं बल्कि उत्तर प्रदेश और पंजाब का भावनात्मक मिलन है। कुछ करने के लिए और कुछ न करने के लिए तर्क अलग होते हैं। उन्होंने कुछ करने के लिए तर्क खोज लिए अन्तर्जातीय, अन्तर्प्रदेशीय विवाहों के बिना भावनात्मक एकता सम्भव ही कैसे है। प्रिया का जन्म कलकत्ता में ही हुआ था, लेकिन पंजाबीपन उसमें ठेठ पंजाबियों जैसा ही था। मसलन मनोहर को अरहर की दाल पसन्द थी तो प्रिया का ज़्यादा ज़ोर राजमां बनाने पर रहता था। मनोहर पूड़ी पसन्द करता था तो प्रिया ज़्यादातर परांठा बनाकर परोस देती। खाने-पीने की आदतों से थोड़ी दिक्कत तो ज़रूर हुई, लेकिन प्यार-मुहब्बत में सब निभ जाता है। मनोहर को अगर कोई बात पसन्द नहीं थी तो वह थी प्रिया के परिवार की दखलन्दाज़ी। पारिवारिक विरोध के चलते प्रिया के पिता और माँ का हस्तक्षेप मनोहर को खलने लगा। इसी बीच मनोहर को दिल्ली दैनिक में काम मिल गया, तो उसने हाँ करने में देर नहीं लगाई और प्रिया से भी पूछने के बजाय उसने अपना फैसला सुना दिया—"मैं अगले महीने दिल्ली दैनिक ज्वाइन कर रहा हूँ।"

"यह कब हुआ, तुमने बताया ही नहीं!"

प्रिया थोड़े सकते में थी।

"हाँ, बस... यहाँ हिन्दी पत्रकारिता का कोई भविष्य नहीं है, दिल्ली में रहूँगा तो कहीं पहुँच भी जाऊँगा।"

"और मैं..."

"यू डिसाइड अबाउट योर सैल्फ..."

"मेरी जॉब है यहाँ।"

"लीव इट... तुम भी वहीं कोई और नौकरी देख लेना..."

प्रिया को मनोहर का यह बर्ताव अच्छा नहीं लगा।

"पर तुम्हें यह एक्सेप्ट करने से पहले मुझसे बात तो कर लेनी चाहिए थी।"

"ज़रूरत नहीं समझी।"

"व्हॉट डू यू मीन!"

"मुझे अपना कैरियर देखना है।"

"और मुझे!"

"किसने रोका है तुम्हें... वैसे भी तुम्हें अपने पर नाज़ है कि नौकरियों की क्या कमी है।"

"डू यू मीन इट।"

"यस आई मीन इट।"

"ओ.के.दैन आई टेक इट एज़ ए चैलेंज!"

सचमुच प्रिया ने इसे एक चुनौती की तरह से ही लिया और मनोहर के ज्वाइन करने से पहले ही एक पब्लिक लिमिटेड कम्पनी के हाउस जर्नल की उप-सम्पादक के पद पर उसकी नियुक्ति हो गयी। मनोहर हतप्रभ हुआ। थोड़ा विचलित भी। सन्तोष इस बात से था कि कलकत्ता से पिण्ड छूट गया। वस्तुतः कलकत्ता से पिण्ड छुड़ाने का अर्थ था प्रिया के परिवार से पिण्ड छुड़ाना। दोनों ने थोड़ा आगे-पीछे ज्वाइन कर लिया और यों वे दिल्ली के बाशिन्दे भी हो गये। यहीं पर उनकी बेटी तानिया पैदा हुई।

मुझे इन सब बातों का कतई पता न चलता, अगर मैं और मनोहर हम प्याला न हो गये होते। हालाँकि मनोहर मुझसे दस-बारह साल छोटा था, लेकिन उसकी तहज़ीबी एक्स्ट्रा कॉन्शेस ने मुझे कभी भी 'आप' से 'तुम' पर नहीं उतरने दिया। हममें एक आत्मीयता तो आ गयी थी और हम एक-दूसरे से बातें भी खुलकर करने लगे थे, लेकिन औपचारिकता की रेखा न कभी मनोहर ने तोड़ी न कभी मैंने। सप्ताह में कम से कम एक बार तो हम एक साथ ड्रिंक्स ले ही लेते थे। एक ही कॉलोनी में होने की वजह से देरी होने की आशंका न उसे थी, न मुझे। अक्सर तीन-तीन पैग हम अपनी इच्छा से लेते और चौथा एक-दूसरे के कहने पर। उसके बाद सिगरेट पीना ज़रूरी हो जाता था। पास ही मेन मार्किट थी और वहीं चौक पर एक पान वाले की दुकान। सिगरेट का कश लेते ही मनोहर की तन्त्रियाँ खुलने लगती थीं और वह अपने दुःख खोलने लगता। बैठक मेरे घर में होती, तब तो उसे बात करने में कोई दिक्कत नहीं होती थी, लेकिन उसके घर में प्रिया भी थी। कई बार प्रिया नहीं होती थी, तो वह अपने घर में भी दुःखड़ा रोने लगता। शुरू-शुरू में तो वह बातें सांकेतिक ढंग से करता रहा, फिर थोड़ा खुलने लगा, पर औपचारिकता का पर्दा वह कभी भी हटने नहीं देता था। हमारी बातचीत का दायरा राजनीति,

धर्म, समाज से गुज़रता हुआ व्यक्तिगत सम्बन्धों तक पहुँचता। मनोहर को साहित्य और कलाओं में कोई रुचि नहीं थी और धर्म या समाज पर भी वह सतही ही रह जाता था। हाँ, राजनीतिक ख़बरें उसके पास भरपूर होती थीं, लेकिन राजनीतिक चिन्तन और दर्शन की बात आते ही वह अक्सर खामोश हो जाता। इस बीच कभी-कभी प्रिया भी बैठ जाती। जिन बातों से मनोहर कन्नी काटता था, उन्हीं बातों पर प्रिया अपनी राय खुलकर देती। इन्हीं बहसों में मैंने पाया कि चिन्तन और सोच के स्तर पर प्रिया मनोहर से बहुत आगे है। जब मनोहर राजनीतिक दर्शन की बात करते हुए अपने तर्क नहीं जुटा पाता तो वह सारी बहस को वैयक्तिक स्तर पर लाने की कोशिश करता। प्रिया बिफरती, खामोश होती और फिर उठकर चली जाती। प्रिया का चले जाना मुझे खलता। उसकी उपस्थिति ही मुझे अच्छी लगती थी। उससे बात करना भी भला लगता था। अन्दर टटोला तो लगा कि मैं प्रिया के प्रति आकर्षित हूँ, फिर लगा आसक्त हूँ... मैं मन ही मन उसके प्रति आसक्ति का भाव पालता रहा। यह भाव तो उस दिन खण्डित हुआ, जिस दिन एक बहस के दौरान प्रिया ने मुझे अंकल कह दिया... इससे पहले उसने या तो 'सर' कहकर सम्बोधित किया था या फिर बिना किसी सम्बोधन के ही बातचीत होती रहती थी। वह मेरे प्रति आसक्त या आकर्षित थी, यह तो मैं नहीं कह सकता, लेकिन उसे मेरे मनोभाव की आहट भी न मिली हो, मुझे यकीन नहीं होता। प्रिया ने हमारे सम्बन्धों में दूर से आती एक ऊष्मा बनाये रखी। मनोहर इस बारे में क्या सोचता था, उसने कभी ज़िक्र नहीं किया। शायद वह प्रिया के मुझे 'अंकल' कहने से आश्वस्त था। तब मैंने प्रिया को अविश्वसनीय नज़रों से देखा भी था, और उसके बाद उसने कभी भी इस सम्बोधन से मुझे नहीं पुकारा, लेकिन हमारे सम्बन्ध अपरिभाषित ही रहे। हाँ, प्रिया और मनोहर के सम्बन्धों में पड़ती दरारों की ख़बरें मुझे हमारे कॉमन दोस्तों से मिलती रहीं, लेकिन मैंने खुद-ब-खुद इन बातों का ज़िक्र न तो मनोहर से कभी किया और ना ही प्रिया से।

सम्बन्धों को लेकर मनोहर और मेरी सोच अलग-अलग थी। मनोहर संकेतों से, कहानियों से अपनी बात कहकर मेरी राय जानना चाहता था। यह जानते हुए भी कि मनोहर के संकेतों और कहानियों के पीछे उसकी अपनी पीड़ाएँ हैं, उसके अपने दर्द हैं, मैं उसे यह एहसास नहीं दिलाना चाहता था कि मैं सब जानता हूँ। मैं यह भी मानता था कि दोस्त चाहे कितना ही करीब क्यों न हो, जब तक वह खुलकर बात न करे, उसे अपनी राय नहीं देनी चाहिए।

एक दिन मनोहर थोड़ा खुला—"यू नो, प्रिया की फिर प्रोमोशन हो गयी है", उसने 'फिर' शब्द पर थोड़ा ज़्यादा ज़ोर दिया था।

"वेरी नाइस, कॉन्ग्रेट्स!"

"थैंक्स, लेकिन भूपेश जी! आई जस्ट डोंट अंडरस्टैंड कि पब्लिक अंडरटेकिंग्स में प्रोमोशंस इतनी जल्दी हो जाती हैं... मुझे देखिए, रिपोर्टर बनकर आया था, पाँच साल हो गये, अभी भी वहीं हूँ... चीफ रिपोर्टर भी नहीं बन सका तो...?"

"प्रिया अब...", मैं प्रिया के पद के बारे में जानना चाहता था।

"यू नो... पाँच साल पहले वह उप-सम्पादक थी, आज वह चीफ पर्सनल मैनेजर है... यू सी... शी इज़ गोइंग टू जापान... नेक्स्ट वीक... विद दैट ब्लडी डायरेक्टर..." वह फट पड़ा।

"ड्रिंक!"

"हाँ।"

वह मेरे ही घर में था। मैंने ड्रिंक बनाया। उसे दिया। वह एक ही झटके में पीने के बाद बोला, "बॉटम्स अप", मुझे भी बॉटम्स अप करना पड़ा और एक-एक पटियाला बनाकर हम बैठ गये।

"आप को तो खुश होना चाहिए यार।"

"खुश...जी...खुश हूँ...बिना मुझसे बात किये, बिना मुझसे पूछे, जा रही है जापान।"

"यार यू आर टॉकिंग लाइक ए मेल शावनिस्ट।"

"मी...मैं...भूपेश जी! यह मत कहिए...।"

"अरे भाई, जब आपने यहाँ ज्वाइन किया था तो आपने प्रिया से बात की थी क्या?"

"नहीं साहब, वो बात और थी, मैं प्रिया के घर वालों से परेशान हो चुका था... वहाँ न मुझे मेरी पसन्द का खाना मिलता था, न प्रिया...जब भी घर पहुँचो, कोई न कोई मौजूद है, कभी माँ, कभी बाप, कभी भाई...।"

"अब...।"

"अब वो बात नहीं है वो भी दिल्ली में, पर कभी-कभी आते हैं, दरअसल प्रिया का पिता मुझे आज तक स्वीकार नहीं कर पाया।"

"यह तो उसकी प्रॉब्लम है, आप अपनी प्रॉब्लम बोलो।''

"वो जा रही है जापान...और मैं यहाँ अकेला...।"

"तानिया!"

"मैंने कहा भी तानिया को तो ले जाओ, लेकिन नहीं, वो जानती है कि तानिया के साथ रहने से उसकी आज़ादी में खलल पड़ेगा।"

"इट्स पार्ट ऑफ हर जॉब यार...लो यह सिगरेट।"

उसने सिगरेट सुलगाते हुए कहा—“आई नो...आई अंडरस्टैंड, अच्छा आप एक बात बताइए, आप पंजाबी हैं, आपकी बीवी भी, क्या पंजाबी बीवी को सँभालना बड़ा टफ काम है?”

“जस्ट नेचुरल...टफ तो कोई भी हो सकता है... आपकी असली प्रॉब्लम क्या है! व्हाई डोंट यू कम टू दि पाइंट?”

उसने पटियाला भी खाली कर डाला और फिर दूसरा पटियाला बनाते हुए कहने लगा—“भूपेश जी! बात यह है कि वह कहती है यू हैव नॉट कम टू माई एक्सपैक्टेशंस।”

“इन व्हॉट सेंस?”

“इन एवरी सेंस।”

“यानी!”

“यानी बहस में, बिस्तर में।”

“बट यू आर वेरी कोऑपरेटिव, स्पोर्टिंग... आई हैव सीन यू... कि आप दोनों सारा काम बाँट कर करते हो...अब बहस और बिस्तर...।”

“बहस...बुलशिट...वह हमेशा यह सोचती है कि जो वह सोचती है, वही ठीक है...सोचने का हक उसी को है, मुझे है...हाँ, सिर्फ इतना कि मैं वहीं तक सोचूँ, जहाँ तक वह सोचती है कि मुझे सोचना चाहिए...और बिस्तर...साहब! आप ही बताइए हू इज़ दि वुमेन हू डज़ नॉट वांट टू बी स्क्रियूड एंड स्क्रियूड हार्ड, बट आई एम नॉट अ स्टड...यू सी...आई एम नॉट दैट...आई कांट बी।”

“आपका वहम भी तो हो सकता है।”

“नहीं साहब”, कहते हुए वह एकदम खामोश हो गया।

मुझे समझ में नहीं आ रहा था कि मैं उसे क्या कहूँ, वह जल्दी-जल्दी पी जाने की वजह से लुढ़कने को था, मैंने उसे घर तक पहुँचाना ही बेहतर समझा।

मनोहर के घोर विरोध के बावजूद प्रिया जापान चली गयी। उसे मैंने गुड लक कहा था। प्रिया एक सप्ताह का कार्यक्रम था। इन सात दिनों रोज़ शाम को या तो मनोहर मेरे पास चला आता या मुझे अपने यहाँ बुला लेता और सब बातों के बीच एक बात वह रोज़ पूछने के अन्दाज़ में दोहराता—“इस वक़्त जापान में क्या हो रहा होगा! प्रिया क्या कर रही होगी!” सम्भवतः कहना तो वह यह चाहता था कि वह ज़रूर डायरेक्टर के कमरे में उसी के साथ होगी। उसे जो चाहिए था, मिल गया होगा। पर शायद थोड़ा संकोच उसके मन में अभी भी था। वह प्रिया को बहुत प्यार करता था। शायद! या फिर यह कि प्रिया के सिवाय उसका कोई और ठिकाना नहीं था। मैंने संकेत किया भी कि वह सुन्दर है, युवा है, मधुर है,

उसका भी कोई ठौर-ठिकाना बन सकता है, लेकिन वह इस सवाल के जवाब में एक खामोशी से घिरा रहता। वह खुद कुछ भी नहीं कर पा रहा था और प्रिया जो भी करना चाहती थी, उसे करने से रोक भी नहीं पा रहा था। एक बेचैनी के दायरे में घूम-घूम कर मनोहर अन्ततः थककर बैठ जाता। निरीह! कमज़ोर! लाचार! या तीनों।

सप्ताह बाद प्रिया जापान से लौटी। बहुत प्रफुल्लित। उसका कार्यक्रम बेहद कामयाब रहा था। कम्पनी को ढेर सारे ऑर्डर मिले थे। उसे वाहवाही। कुछ कमीशन भी। उसके चेहरे पर सन्तोष और सफलता की छाया साफ दिखती थी। यह देखकर मुझे हैरानी नहीं हुई, पर जब उसने अपने बैग में से स्कॉच निकालकर मेरे सामने रखते हुए कहा—"फॉर यू" तो थोड़ी हैरानी ज़रूर हुई। मैं इसकी उम्मीद नहीं कर रहा था। यह प्रिया का मेरे प्रति आदर भाव था, आकर्षण था कि दोनों का मिला-जुला रूप, मैं निश्चित नहीं कर पाया। मुझे खुशी ज़रूर हुई। मनोहर के चेहरे पर शून्य तैर रहा था।

प्रिया ज्यों-ज्यों महत्त्वपूर्ण होती गयी, मनोहर त्यों-त्यों अपने को पिटा हुआ महसूस करने लगा। दोनों में तनाव बढ़ता ही गया। एक दिन मनोहर ने सारी स्थिति को मेरे सामने रखते हुए कहा—"क्या ऐसा नहीं हो सकता कि प्रिया अपना जीवन जैसे भी जीना चाहती है, जीती रहे और मुझे भी अपना हिस्सा मिलता रहे।" मनोहर इस हद तक टूट चुका था, इसका अन्दाज़ मुझे उसकी इस बात से हुआ। एक क्षण बाद मेरे आधुनिक मन ने कहा—दिस इज़ लिबरेशन। पर क्या सचमुच वे दोनों खुद को लिबरेटेड महसूस कर रहे थे? ऐसा होता तो फिर तनाव क्यों? और मैं...मैं कहाँ खड़ा हूँ...मनोहर को क्या सलाह दूँ...यह कि प्रिया को तलाक दे दे। मैंने उसे ऐसा कहा भी। वह चुप रहा। मुझे लगा कि यह सलाह देने के पीछे शायद मेरा कोई अपरिभाषित आशाभाव काम कर रहा है। उन दोनों के सम्बन्धों में तनाव फैलता गया...तमाम कोशिशों के बावजूद...और एक दिन प्रिया तानिया को अपने साथ लेकर घर छोड़कर चली गयी। पिटे हुए मोहरे सा मनोहर भी कहीं और जाकर रहने लगा। जाने से पहले वह मेरे पास आया था। उसका भाई भी उसके साथ था, सामान भी...मेरी समझ में नहीं आया कि सामान उसका था या भाई का। मैंने कुछ पूछना उचित भी नहीं समझा। बिना कोई सवाल पूछे उसे जाने दिया। दो साल बाद मुझे उनके तलाक की खबर किसी मित्र के माध्यम से मिली। उस वक्त मैं अपने ड्राइंग रूम में बैठा था। मेरे सामने एक छोटा सा एक्वेरियम था और उसमें तीन रंग-बिरंगी मछलियाँ तैर रही थीं। तीनों बीच-बीच में एक-दूसरे पर झपटतीं। अचानक क्या हुआ कि एक्वेरियम का आकार बढ़ने लगा। एक बहुत

बड़ा एक्वेरियम...उसमें तीन मछलियाँ थीं। तीन मछलियाँ... पानी में ऊपर से नीचे, नीचे से ऊपर...एक-दूसरे पर झपटने को तैयार...पर तीनों तैर रही थीं, अपने-अपने हिस्से का पानी लिये तीनों मछलियाँ निरन्तर तैर रही थीं...पर क्या उनको सचमुच पता था कि किसके हिस्से में कितना पानी है?

क्रास रोड्स

मेज़ पर सामने रखे मोबाइल की 'टिऊँ टिऊँ' ने मेरा ध्यान अपनी ओर आकर्षित किया। आदत के मुताबिक अपनी उत्सुकता शान्त करने के लिए मैंने अपने हाथ के अखबार को एक तरफ़ रखा और मोबाइल पर आया सन्देश खोलकर पढ़ने लगा। यह एक आकस्मिक धक्का देने वाला सन्देश था। मोबाइल पर अक्सर बैंक, निवेश करवाने वाली कम्पनियाँ, रियल एस्टेट या फिर नये साल या दीवाली के मौके पर शुभकामनाओं के सन्देश आते हैं। यह जानते हुए भी कि ज़्यादातर आने वाले सन्देश हमारे लिए व्यर्थ होते हैं, हम उन्हें बिना पढ़े अपने मोबाइल पटल से नहीं हटाते लेकिन यह सन्देश परेशान करने वाला था। मोबाइल के सन्देश पटल पर "मि. वेंकटरमण पासेस अवे...क्रिमेशन एट थ्री पी.एम. एट निगम बोध घाट" पढ़कर धक्का इसीलिए लगा कि मैं इस सन्देश की उम्मीद नहीं कर रहा था। सन्देश मेरी एक महिला सहकर्मी संजना कौल ने भेजा था।

मेरा मन था कि मैं क्रिमेशन में शामिल होऊँ, लेकिन दायें पाँव के टखने की हड्डी टूट जाने की वजह से प्लास्टर चढ़ा हुआ था और डॉक्टर ने छह हफ़्तों के लिए पूरे आराम की सख़्त हिदायत दे रखी थी। मन विचलित होने लगा। वेंकटरमण मेरे पुराने सहकर्मी थे, लेकिन उससे पहले वे मेरे शिक्षक भी रहे थे। यूँ अब वो रिटायर्ड ज़िन्दगी जी रहे थे, लेकिन कभी-कभी फोन पर या कॉलेज के किसी समारोह में उनसे बात होती रहती थी। यह बात सभी जानते थे कि उनका मुझ पर बड़ा स्नेह था और मैं भी उनसे एक आदर भाव वाला रिश्ता रखता था। इसलिए क्रिमेशन ग्राउंड में मेरी अनुपस्थिति का नोटिस लिया जायेगा। पर मैं क्या करता। कॉलेज में यह भी तो सभी जानते थे न कि मैं लम्बी मेडिकल लीव पर हूँ।

मैंने संजना को फोन मिलाया। दो घण्टी बजने के बाद उधर से मधुर आवाज़ सुनाई दी—"हलो।"

"संजना! मैं अरुण...आपका मैसेज...कुछ पता है यह कैसे..."

"हाँ, कुछ...कुछ...दरअसल मुझे तो मि. अमरनाथ का फोन आया था, उन्होंने

बताया कि ही हैज़ कमिटेड सुसाइड।"

यह मेरे लिए दूसरा धक्का था। अप्रत्याशित और पहले धक्के से भी तेज़–"क्या आत्महत्या...लेकिन वे तो ऐसे न थे...आत्महत्या की कोई वजह..."

"यह तो मुझे पता नहीं...बस इतना पता है कि वे सुबह ही घूमने निकले और फिर सनराइज़ के साथ ही उनकी कटी हुई बॉडी मिली रेल की पटरी पर..."

"सो सैड..."

"पर मि. अमरनाथ शायद कुछ बता सकें" उधर से संजना ने कहा।

"ओ.के. करता हूँ उनसे बात" कहकर मैंने फोन बन्द कर दिया।

मि. अमरनाथ और वेंकटरमण दोनों ही अंग्रेज़ी विभाग में थे। दोनों ने लगभग एक साथ कॉलिज में नौकरी शुरू की थी और साथ-साथ ही सेवा निवृत्त भी हुए थे। दोनों को पढ़ने का खूब शौक था और गप्पबाज़ी का भी। दोनों घनिष्ठ मित्र बने और जीवन पर्यन्त उनमें गहरी छनती रही। मेरे मन में परेशानकुन उत्सुकता तैर रही थी। मैंने मि. अमरनाथ को फोन मिलाया। उधर से 'हलो' बहुत धीरे से सुनाई दी।

"मैं अरुण बोल रहा हूँ।"

"अच्छा..." दो-चार क्षण का अन्तराल और फिर आवाज़ थोड़ी तेज़ हुई..."हाँ पता चला होगा।"

"जी, इसीलिए...संजना का मैसेज था...पर यह सब हुआ कैसे?"

"अब कैसे तो पता नहीं, बट ही वाज़ फीलिंग डिस्टर्ब फार दि लास्ट सो मेनी डेज़।"

"आत्महत्या की कोई तो वजह होगी न।"

"मि. अरुण" अमरनाथ ने बात करने की अपनी आदत के मुताबिक एक छोटा सा पाज़ लिया और फिर कहा–"वजह तो होगी...पर क्या...कई बार होता है न कि बेवजह ही कुछ या फिर आपको जो वजह लगती है, वह दूसरे को नहीं लगती या फिर बेवजह में से कोई वजह ढूँढने की कोशिश की जाती है...यू नो...सब अपना-अपना माइंडसैट है।"

"जी, कोई सुसाइड नोट?" मैंने अपनी जिज्ञासा ज़ाहिर की।

"एक नहीं, कई पर्चियाँ मिली हैं उनकी पैंट की जेब से...लगता है वे कई दिनों से तैयारी कर रहे थे" अमरनाथ ने कहा।

"क्या लिखा है उन पर्चियों में" मेरी उत्सुकता और भी बढ़ गयी थी।

"आई डोन्ट नो, वो सब उनके बेटे के पास हैं...या शायद पुलिस के पास ...आई रीयली डोन्ट नो...अब ही वाज़ डिस्टर्ब...एक्चुअली ही वाज़ नाट हैप्पी विद

दि मैरिज ऑफ हिज़ सन...यू नो...इन्टरकास्ट मैरिज तो थी बट...वो समझते थे कि उनकी बहू सुन्दर नहीं है...एकदम ब्लैक...यू नो...” अमरनाथ बता रहे थे।

“मि. वेंकटरमण एण्ड सो कलर कॉन्शस...पर वे तो जाति, रंग, नस्ल इन सब बातों का विरोध करते थे न” यह कहने के साथ मेरे सामने स्टॉफ रूम में होती गप्पबाज़ी के दृश्य तैरने लगे।

स्टॉफ रूम के एक हिस्से में वेंकटरमण, अमरनाथ, शाम मोहन, समनानी और सोहन शर्मा बैठे थे। सोहन शर्मा को छोड़ सभी अंग्रेज़ी विभाग में ही पढ़ाते थे। सोहन शर्मा पढ़ाते तो संस्कृत थे, लेकिन संस्कृत की अपेक्षा उनकी रुचि अंग्रेज़ी, इतिहास आदि दूसरे विषयों में ज़्यादा थी। अंग्रेज़ी भाषा पर वे अतिरिक्त रूप से मुग्ध रहते, इसलिए अंग्रेज़ी पढ़ा रहे शिक्षकों के साथ उनकी गहरी छनती। अंग्रेज़ी में आयी नयी से नई किताब पढ़ना, किसी शब्द की व्युत्पत्ति को लेकर लम्बी बहसें करना उनका शगल था। मैं भी कभी-कभी उनकी सोहबत का मज़ा लेता और लाभ भी।

आज मि. वेंकटरमण के निधन की खबर पाते ही न जाने कितने-कितने स्मृति-खण्ड फ्रेम-दर-फ्रेम आँखों के सामने नाचने लगे और अन्ततः मन एक स्मृति-खण्ड पर आकर केन्द्रित हो गया।

बहस इधर-उधर चक्कर काटती हुई आत्महत्या जैसे गम्भीर मसले पर केन्द्रित हो गयी थी। मुझे अपनी ओर आते देखकर मि. वेंकटरमण ने ‘आओ’ कहकर सीधा प्रश्न मेरी ओर दागा—“व्हाट डू यू थिंक ऑफ सुसाइड अरुण?”

मैं इस सवाल के लिए बिल्कुल तैयार नहीं था। मि. वेंकटरमण से बात करना मुझे अच्छा तो लगता था, लेकिन एक शिष्यत्वनुमा संकोच भी मन को घेर लेता था। मि. वेंकटरमण फर्राटेदार अंग्रेज़ी इतनी तेज़ रफ़्तार के साथ बोलते थे कि जब तक आप पहला शब्द पकड़ें, वे दसवें शब्द पर होते थे। हॉकी की कमेंट्री सुनते हुए मैंने तेज़ हिन्दी या अंग्रेज़ी बोलते कमेंटेटरों को सुना था, लेकिन मि. वेंकटरमण की अंग्रेज़ी बोलने की स्पीड को जस्टीफाई करने के लिए हॉकी या फुटबाल से भी कोई तेज़ रफ़्तार खेल का आविष्कार करने की ज़रूरत थी। उनकी इसी अंग्रेज़ी का मुझ पर अपने छात्र जीवन से रौब ग़ालिब होता। वे भी मुझे स्नेह के साथ हमेशा अंग्रेज़ी में ही एम.ए. करने की सलाह देते और मैं एम.ए. कर बैठा हिन्दी में। वे कुछ वक्त मुझसे खफ़ा भी रहे, लेकिन धीरे-धीरे सामान्य हो गया और अब मैं उन्हीं का सहकर्मी था।

मैंने उनके सामने ही पड़ी एक खाली कुर्सी पर बैठते हुए कहा—“नो वे...”

हालाँकि मैं एक बार गहरे डिप्रेशन का शिकार हो चुका था। मेरे सामने

शिमला-यात्रा का स्मृति-खण्ड तेज़ी से तैर गया। गर्मियों की छुट्टियाँ बिताने के लिए मैंने शिमला से थोड़ा पहले ही तारादेवी में एक गेस्ट हाउस बुक करवा लिया था। मैं, मेरी पत्नी और हमारा एक बच्चा। पूरा एक महीना वहीं बिताने का कार्यक्रम था लेकिन तीसरे दिन ही एक्पोज़र ने ऐसा पकड़ा कि ठण्ड लगने के साथ ही नीचे से झरना फूट गया। तब मैंने हिल डायरिया का नाम भी नहीं सुना था। अगले दो दिनों में मेरी तबियत इतनी बिगड़ी कि पहाड़ से नीचे उतरना ही ठीक लगा। हिल डायरिया मैदानी आदमी को हो जाये तो फिर पता नहीं वह ठीक होने में कितना वक़्त लेगा। वही मेरे साथ हुआ। इतना भयानक कि मैं धीरे-धीरे गहरे डिप्रेशन में चला गया और मुक्ति के लिए बार बार-बार आत्महत्या करने की ही सोचने लगा। यहाँ होम्योपैथी काम आयी और कुछ दिनों में ही स्वस्थ होकर आज मैं यह कहने योग्य हो गया था—"आत्महत्या कायरता है।"

"व्हाट आर यू टाकिंग—इट नीड्स लाट ऑफ करेज टू कमिट सुसाइड" ऐसा शाम मोहन ने कहा।

"नो...नो...आई विल गो विद अरुण" मि. वेंकटरमण बोल रहे थे—"एण्ड आई विल आलसो गो विद जान स्टुअर्ट मिल वैन ही सेज़ दैट सुसाइड विल डिप्राइव अ पर्सन टू मेक फरदर चाएसेस...सो इन माई व्यू टू कमिट सुसाइट शुड बी प्रीवेन्टेड रादर दैन बी ग्लोरीफाईड।"

"अरे कौन कमबख्त ज़िन्दा रहना चाहता है आज के ज़माने में...सो मच ऑफ ह्यूमिलेशन वन हैज़ टू फेस..." शाम मोहन ने बात आगे बढ़ाई।

"इसका मतलब तो यही हुआ न कि आज ज़िन्दा रहने के लिए कहीं ज़्यादा साहस और हिम्मत की ज़रूरत है" अरुण ने कहा।

"मैं तो सोचता हूँ कि लाइफ अगर अनलिवेबल हो जाये तो इट'स बेटर टू एण्ड इट" यह हल्का सा स्वर मि. अमरनाथ का था।

"यानी आप कोई बीच का रास्ता निकाल रहे हैं, पर मि. अमरनाथ, किसकी लाइफ कितनी अनलिवेबल हो गयी है...हू वुड डिसाइड दैट" अरुण ने कहा।

"यस...यस...दैट इज़ दि पाइंट...एंडयोरेंस लेवल..."

"सभी के अलग-अलग हैं" बात काटते हुए मि. सोहन शर्मा बोले—"जिसकी लाइफ है, उसी को सोचने दो न, उसने उसके साथ क्या बर्ताव करना है।"

"दैन व्हाट अबाउट सोशल रिस्पान्सिबिलिटी" अभी तक खामोश बैठे समनानी ने अपनी उपस्थिति दर्ज की—"लिसन वैन कॉन्ट आर्गयूज़ दैट ही हू कन्टैम्पलेट्स सुसाइड शुड आस्क हिमसेल्फ वेदर हिज़ एक्शन कैन बी कंसिसटेन्ट विद दि आइडिया ऑफ ह्यूमैनिटि एज़ एन एण्ड इटसेल्फ।"

"मुझे तो सुसाइड का आइडिया ही एब्सर्ड लगता है" मि. अमरनाथ बोले।

"है, क्या हमारी लाइफ ही एब्सर्ड नहीं है?" शाम मोहन ने कहा।

अब सोहन शर्मा की बारी थी—"देखिए अब लाइफ एब्सर्ड है, यह मानकर ही लोग यथार्थ को भ्रम में बदल देते हैं या धर्म की शरण लेते हैं, या जंगलों में भाग जाते हैं...यह तो कोई तरीका नहीं है ज़िन्दगी की एब्सर्डिटी को फेस करने का...आई मीन आप लाइफ को पेशेनिटिली गले लगाकर उसे एक मीनिंग भी दे सकते हैं।"

"व्हाट मीनिंग...माई फुट...अरे जिए जा रहे हैं कि हम मर नहीं सकते... बस..." शाम मोहन के स्वर में थोड़ी तुर्शी आ गयी थी। मि. वेंकटरमण बोले—"बट आई थिंक अवर इंडियन फिलासिकी गिव्स अस दि आंसर, यह ज़िन्दगी हमें ईश्वर ने दी है, वही उसे ले सकता है...हमें क्या हक है उसे खत्म करने का...आत्महत्या पाप है, यही बात है जो दुनिया को बचाकर रखती है।"

सोहन शर्मा—"यह पाप-पुण्य तो बाद की बात है, पहली बात है आदमी की जिजीविषा...अपने अहं का विस्तार देखने की अदम्य ललक..."

इसी तरह से अपनी-अपनी राय देने के लिए कोई रूसो का, कोई डेविड ह्यूम का, कोई कामू और सार्त्र का तो कोई वेदान्त और गीता का सहारा ले रहा था। इसी बहस के अन्त में मि. वेंकटरमण ने ही तो कहा था "टू कमिट सुसाइड, आई विल हैव टू गो मैड।"

इस जुमले का ध्यान आते ही मैं अपने वर्तमान में लौट आया और खुद से पूछने लगा कि क्या मि. वेंकटरमण सचमुच पागल हो गये थे? क्या मैं अपने डिप्रेशन के दिनों में पागल होता-होता बचा था? इन सवालों के जवाब मेरे पास ही नहीं थे तो किसी और के पास कैसे हो सकते थे। लेकिन यह सवाल बार-बार मेरे मन को मथने लगा कि अगर कार्य-कारण शृंखला का कोई सम्बन्ध है तो फिर इस आत्महत्या का कोई कारण तो होना चाहिए।

कारण? सोचकर मेरे मन में और ही तरह-तरह की उथल-पुथल होने लगी। किसी घटना-दुर्घटना का कारण जो हम देख या समझ रहे होते हैं, क्या सचमुच वही कारण होता है। दृश्य कारण के पीछे छिपे अदृश्य कारण क्या कभी हमारी पकड़ में आता है? न आये लेकिन एक दृश्य कारण तो पकड़ में आना चाहिए। ज़रूरी भी है...तभी न हम उस कारण को कारण मानकर मन पर अपनी जिज्ञासा के जवाब की चादर डालकर तब तक सन्तुष्ट रहते हैं, जब तक कोई और झकझोर देने वाली घटना-दुर्घटना न हो जाये।

इस सारी ऊहापोह के बीच ही मन बार-बार विचलित होकर मि. वेंकटरमण

की जेब से निकली पर्चियों की इबारतों को पढ़ना चाहता था।

दो दिन बाद मैंने फिर मि. अमरनाथ को फोन मिलाया। उधर से वही परिचित हल्की आवाज़—“हलो।”

“हलो सर, अरुण हेयर।”

“हाँ, बोलो अरुण।”

“सर दो दिन से परेशान हूँ मैं...कोई वजह पता चली।”

“हाँ, कुछ-कुछ, दरअसल दो दिन हम पुलिस के चक्कर ही काटते रहे, बड़ी मुश्किल से केस बन्द करवाया है।”

“वो कैसे?”

“एक एक्सीडेंट यू नो...मेरा एक दोस्त है डी सी पी...मुश्किल तो हुई...बट हो गया।” फिर एक पाज़ के बाद “हाउ इज़ योर फुट?”

“मैं तो बेड पर ही हूँ...क्रिमेशन में भी नहीं आ सका।”

“डज़न्ट मैटर...दरअसल मि. वेंकटरमण...यू नो...थोड़े अल्ट्रा सेंसेटिव पर्सन थे वो अपने बेटे की शादी से खुश नहीं थे।”

“हाँ, आपने पहले भी बताया।”

“पर उनकी बहू को बच्चा होने वाला था न...तो पता नहीं उन्हें क्या डर सता रहा था। कहते थे उसका काम्प्लैक्शन भी फेयर नहीं होगा।”

“सो...सो, व्हाट...वो खुद भी कोई बहुत फेयर नहीं थे।”

“हाँ, पर पता नहीं उनके मन में यह एक डर बुरी तरह से पसर गया था।”

“इतनी मामूली सी बात आत्महत्या की वजह तो नहीं बन सकती।”

“यस आई डू एग्री विद यू अरुण? पर कहीं एक-एक करके कई बातें जुड़ती चली जाती हैं...अपनी डाटर-इन-लॉ से भी कुछ परेशान रहते थे...बेटा भी शायद ध्यान नहीं रखता होगा...अब क्या पता किसी के घर में रोज़-रोज़ क्या घट रहा है...यू नो...एक आदमी को मामूली लगने वाली बात दूसरे के लिए बहुत ही इम्पार्टेन्ट हो जाती है...यू नो...लास्ट ईयर हमारे कॉलिज में ही एक लड़की ने सिर्फ़ इसलिए आत्महत्या कर ली थी कि उसके ब्वाय-फ्रेंड ने उसे गुस्से में कह दिया था ‘मरना है तो मर जा, मेरा पीछा छोड़’ अब यह भी कोई वजह है मरने की...यू नो बस हो जाता है।”

“पर आपने बताया था कई पर्चियाँ थीं उनकी जेब में।”

“हाँ थी तो, पर वह सब पूछना मुझे ठीक नहीं लगा, उनका बेटा एकदम चुप है...आई रियली डोन्ट नो...बट जो इम्पार्टेन्ट रीज़न मुझे लगा, वही...”

“अच्छा नहीं लगा, यह बड़ी ग़लत मिसाल पेश की है उन्होंने।’

"व्हाट शुड आई से, डिप्रेशन में भी थे वो, यू नो दो-तीन साल से इलाज भी करवा रहे थे...उस इलाज से भी वे तंग आ चुके थे।"

मैंने भी कुछ दिन सायक्रियाट्रिस्ट के चक्कर काटे थे और उनकी दवाओं ने मुझे करीब-करीब अधमरा सा कर दिया था, उनके प्रति मेरे मन में गहरी वितृष्णा भरी हुई थी। उसी की प्रतिक्रिया स्वरूप मैंने कहा—

"यह सायकियाट्रिस्ट भी न...पूछिए मत...पर वे तो कुछ पूजा-पाठ भी करते थे न..."

"सब करते थे...कहीं भी चैन नहीं...गीता के बड़े भक्त, पर वो भी काम नहीं आयी।"

"मैं बहुत डिस्टर्ब हूँ।"

"ओ कम आन अरुण! यू आर यंग, एनर्जेटिक, थिंकिंग माइंड, डोन्ट गैट डिस्टर्ब।"

"जी...राइट सर, फोन रखता हूँ", कहकर मैंने फोन बन्द कर दिया।

प्लास्टर चढ़े पाँव को देखा। पिछले दिन हफ़्तों से मैं बिस्तर पर ही था। जीवन में सक्रियता का स्थान निष्क्रियता ने ले लिया था। शरीर निष्क्रिय हो जाये तो अक्सर मन अतिरिक्त रूप से सक्रिय हो जाता है। वही मेरे साथ हो रहा था, पिछले दिनों की कुछ तक़लीफदेह बातों ने एक बाड़े का रूप ले लिया और उस बाड़े में बन्द घूम रहा था मन। कितनी ज़िल्लत, अपमान झेलना पड़ा था मुझे, जब मैं वो सब करते हुए पकड़ा गया, जो करते हुए मुझे पकड़ा नहीं जाना चाहिए था। बाड़े में घूमती बातें किरचों की तरह चुभ रही थीं। अन्तश्चेतना के गह्वर तक को काटती हुईं। मि. वेंकटरमण की आत्महत्या ने मेरे सामने डिप्रेशन के द्वार फिर से खोल दिये थे। मैं फिर एक बार डिप्रेशन की चपेट में आ रहा था। मि. वेंकटरमण ने ठीक किया या ग़लत, इस सवाल से ज़्यादा मुझे यह बातें परेशान कर रही थीं कि यहाँ से मेरे पाँव किस ओर उठेंगे और उन पर्चियों की इबारतें क्या थीं? उन्हीं से खुल सकता था उनकी आत्महत्या का रहस्य तो क्या मैं खुद आत्महत्या करने की कोई वजह गढ़ रहा था? मैंने चाहा उनके बेटे से बात करूँ लेकिन आशंकित करने वाला कोई अदृश्य हाथ मुझे रोकता था। वह हाथ रोकता रहा और मैंने फोन मिलाकर बिना बात किये काट दिया।

तभी मन के किसी कोने से एक और महीन सी रेखा शक्ल अख़्तियार करने लगी। दो स्थितियाँ कभी भी एक सी नहीं हो सकतीं...तब मैं मि. वेंकटरमण के हालात को अपने पर क्यों ओढ़ रहा हूँ...मुझे तो अपना जीवन जीना है, अपनी तरह से जीना है। अपमान ज़िल्लत तो मन की स्थितियाँ होती हैं—कभी ओढ़ी हुईं,

कभी गढ़ी हुई...अब्सोल्यूट टर्म्स में वे स्थितियाँ क्या हैं? आज से दस-बीस या पचास बरस बाद ही उनका कोई महत्त्व भी होगा? तब क्यों बनूँ हाइपर सेंसेटिव, जीवन तो जीने के लिए है। जीने के लिए बहुत कारण हैं मेरे पास। मरने के लिए उनसे कोई बड़ा कारण होना चाहिए। सोचते-सोचते मैं दार्शनिकता के खोल में घुसने लगा—क्या जीवन का अर्थ मृत्यु है? जीवन तो विकास है...मृत्यु जीवन कैसे हो सकती है...तो क्या मृत्यु एक विराम है, अर्द्धविराम या पूर्ण विराम। सभी पदार्थों का विखण्डित हो जाना, उनका फिर किसी रूपाकार में परिवर्तित हो जाना—यही तो है विकास। मृत्यु का विकास तो हो ही नहीं सकता। विकास तो जीवन का ही है। मैं हूँ, जीवन है। मैं नहीं हूँ—तब भी जीवन है—तब मैं हूँ या नहीं? यह प्रश्न ही निरर्थक हो जाता है। तब क्या आत्महन्ता और अन्यों में कोई अन्तर नहीं? आत्महन्ता होना साहस है तो फिर सभी साहसी क्यों न बनें? तब जीवन? तब यह समाज? तब मैं?

मुझे अपने सवालों के जवाब नहीं मिल रहे थे। अपने लिए ही नहीं तो दूसरों के सवालों के जवाब मैं कैसे तैयार कर सकता हूँ, लेकिन बार-बार मन के किसी कोने से मुझे यही सुनाई देता है कि आत्महत्या संघर्षों से मुक्ति का आसान रास्ता है। संघर्षों का सामना न कर पाना कायरता है...तब आत्महत्या क्या है? शायद वो कायरता का ही शिखर-बिन्दु है। अपमान, ज़लालत कहीं न कहीं, किसी न किसी शक़्ल में, सबका इनसे सामना होता है—इसके बावजूद लड़ना, संघर्ष करना, जीवन जीने के लिए कहीं ज़्यादा साहस की ज़रूरत है, बजाय मरने के। इसलिए अपने मन में बार-बार आत्महत्या करने का विचार आने के बावजूद मैंने फिलहाल ज़िन्दा रहने का ही फैसला किया है—टू मेक फर्दर चाएसेस...शायद।

मुक्ति

मन्नू को जो भी पहली बार देखता, उसके मन में दया या करुणा का भाव पैदा होता। मन्नू के आसपास के लोग तो उससे अच्छी तरह से परिचित थे। वे उस पर स्नेह भी रखते लेकिन साथ ही प्रत्यक्ष या परोक्ष रूप से मन्नू की माँ तक यह बात भी पहुँचा देते कि मन्नू को थोड़ा सँभालकर रखा करे, सड़क पर अकेले न जाने दिया करे यानी उसे घर की चारदीवारी में ही बन्द रखे। एक पड़ोसी ने तो यहाँ तक कह दिया कि उसके छोटे-छोटे बच्चे मन्नू को देखकर डर जाते हैं, इसलिए उसके घर उसे न आने दिया करे।

मनोज ने भी जब पहली बार मन्नू को देखा तो उसे कुछ अजीब-सा लगा था। उसने अपने आसपास या परिवार में इस तरह का बच्चा पहले कभी नहीं देखा था। कहने को तो मन्नू की उम्र तीस पार कर चुकी थी, लेकिन उसकी मानसिक उम्र डेढ़-दो साल से ज़्यादा नहीं थी।

मंजरी मनोज से बेहद प्यार करती थी और मनोज भी धीरे-धीरे उसे चाहने लगा था। मनोज को एक खूबसूरत लड़की की चाहत थी, लेकिन मंजरी को उस अर्थ में खूबसूरत नहीं कहा जा सकता था या कहिए कि मनोज के खूबसूरती के पैमाने में मंजरी फिट नहीं हो रही थी। मंजरी की सीरत ने उसकी सूरत को पीछे धकेल दिया। मनोज ने मंजरी के अन्दर की खूबसूरती को पहचाना और खुद को उसी के अनुरूप ढालने लगा। शुरू-शुरू में दोनों में अपनी ही बातें हुईं। बाद में परिवारों की चर्चा हुई तो मंजरी ने उसे बताया कि उसके घर में माँ, पिता और एक भाई है। माँ कुबड़ी है, पिता अन्धा और भाई मंगोलियन। इससे पहले मनोज ने मंगोलियन बच्चों के बारे में न कहीं सुना था, न पढ़ा और न ही उसने कोई मंगोलियन बच्चा देखा था। यह सब सुनकर मनोज कुछ सकते में आ गया। उस समय वह और भी सोच में पड़ गया जब मंजरी ने कहा कि—"मुझसे विवाह करने का अर्थ इन तीनों की देख-रेख भी है।" लव भी लव माई डॉग। तब तक मनोज मंजरी से विवाह

करने का मन तो बना चुका था, लेकिन प्यार के साथ इतने दायित्व की कल्पना उसने नहीं की थी। अपने घर में भी मनोज पर दायित्व कौन से कम थे, लेकिन उसने मंजरी को उसके पूरे दायित्वों के साथ स्वीकार किया। इस स्वीकार करने के पीछे मनोज का मंजरी के प्रति प्रेम भी हो सकता है, कुछ आदर्श या चुनौतीपूर्ण कर दिखाने की कामना भी। हालाँकि मंजरी से प्रेम-सम्बन्ध बन जाने के बाद जब मनोज को पता चला कि उसके पिता के पास अच्छी-खासी जायदाद भी है तो सम्भव है कि इस बात ने मनोज को कुछ भी कर गुज़रने के लिए प्रेरित किया हो या कम से कम एक अतिरिक्त फैक्टर के रूप में या फिर कैटालिटिक एजेंट के रूप में इस तथ्य ने निर्णय लेने में सुविधा और त्वरा ला दी हो। मनोज एक अति साधारण परिवार से था, जिसके पास ज़मीन-जायदाद तो क्या, गुज़र-बसर करने के लिए भी काफी धन नहीं होता था। मनोज अब चाहे कुछ भी कहे, लेकिन उसके मित्र एवं रिश्तेदार तो इतना ही मानते थे कि जायदाद के लालच में ही मनोज ने मंजरी से विवाह किया है।

विवाह तक, विवाह के कुछ समय बाद तक भी मनोज मंजरी के दायित्वों को सँभालता रहा। बखूबी। लेकिन धीरे-धीरे मंजरी के माता-पिता की अपेक्षाएँ बढ़ने लगीं। वो उन्हें जितनी पूरी करता, उतनी ही वे और बढ़ जातीं। अपेक्षाओं एवं अपेक्षाओं को पूरा करने की क्षमता में एक द्वन्द्व होने लगा। द्वन्द्व सम्बन्धों तक फैला और सम्बन्धों में दरारें पड़ने लगीं।

अक्सर ऐसा देखने में आता है कि सम्बन्धों में तनाव हो तो छोटी-छोटी सी बातों को भी इतना तूल दिया जाता है कि दरकते हुए सम्बन्ध टूटने की कगार पर पहुँच जाते हैं। दिखने-सुनने में मामूली-सी लगने वाली बातें ही अब मनोज और मंजरी को बहुत बड़ी लगने लगीं। शादी से पहले दोनों ने एक-दूसरे से वायदा किया था कि वे दोनों एक-दूसरे के दायित्वों को मिलकर पूरा करेंगे। मंजरी ने ऐसी कोशिश न की हो, ऐसा मनोज का मन नहीं मानता था, लेकिन उसे कहीं यह ज़रूर लगता था कि कहीं न कहीं मंजरी से चूक ज़रूर हुई है। मंजरी इस बात को मानने के लिए तैयार नहीं थी, लेकिन मनोज इसे सच मानने की सीमा तक पहुँच गया और वह कई बार मंजरी को इस बात का ताना भी देने लगा। ऐसे में मंजरी रो देती और मनोज न चाहते हुए भी वह सब करता जो मंजरी चाहती थी। मनोज ऐसा क्यों करता? उसने कई बार अपने मन की परतों के नीचे उतरना चाहा, उतरा भी, लेकिन कोई साफ जवाब उसे हाथ न लगा। क्या वह मंजरी को अभी भी इतना प्यार करता था कि उसके आँसू झेल न पाता? क्या वह विवाह से पूर्व दिये गये अपने वचन के प्रति प्रतिबद्ध था? वह प्रतिबद्धता मंजरी के प्रति

कम और अपने प्रति ज़्यादा थी या फिर कहीं एक महीन-सा डर था उसके मन में कि सम्बन्धों के टूटने और बिखरने की स्थिति में वह मंजरी को मिलने वाली जायदाद से महरूम हो सकता था! मनोज कई सिरों से खुद को टटोलता, पहचानने की कोशिश करता, पर कभी भी कोई निश्चित जवाब उसे नहीं मिला।

मंजरी के माता-पिता के हालात पहले ही बिगड़े हुए थे, सेहत गिरने के कारण स्थिति और भी ख़राब हो गयी। सो एक दिन मंजरी और मनोज ने मंजरी के पिता के घर पर ही रहने का फैसला कर लिया। मनोज को थोड़ा अटपटा तो लगा कि वह एक 'घर जवाईं' के रूप में जाना जायेगा और उसके परिवार तथा आसपास के लोगों में हँसी भी होगी, पर मनोज के पास पर्याप्त कारण थे वहाँ जाने के। वह उनके लिए जा रहा है, अपने लिए नहीं। और कौन-सा वह ससुराल की कमाई पर ज़िन्दगी बसर करेगा। सुन तो उसने भी रखा था कि 'बहन के घर भाई कुत्ता और ससुर के घर जवाईं कुत्ता' पर उसने इस कहावत की चिन्ता नहीं की। उसके मन में मंजरी के अन्धे पिता, कुबडी माँ और मंगोलियन भाई के प्रति एक करुणा का भाव जमा हुआ था।

बीमार एवं पीड़ित से दूर रहकर जो करुणा भाव उनके प्रति मन में रहता है, वही भाव उनके साथ रहने पर धीरे-धीरे कैसे क्षरित होने लगता है और करुणा घृणा में बदलने लगती है, इसका एहसास मनोज को उनके साथ रहने के बाद ही हुआ। दूर रहकर जो बात नहीं दिखती या फिर दिखती भी है तो बड़ी मामूली लगती है, वही बात साथ रहने पर कष्ट देने लगती है। मिसाल के तौर पर मंजरी का पिता जहाँ चाहता, घर में थूक देता, उसे कोई टोक नहीं सकता। सर्दियों में धूप का टुकड़ा मिलेगा तो उसे, गर्मियों में छाँव मिलेगी तो पहले उसे। बहुत अच्छा मनोज उसके लिए बहुत बुरा बनने लगा। हालाँकि ज़रूरत के वक्त सामने मनोज ही खड़ा दिखता। मंजरी का पिता बीमार रहता ही था। उसे अस्पताल ले जायेगा तो मनोज, मन्नू के साथ उसके खराब कान दिखाने डॉक्टर के पास जायेगा तो मनोज, मंजरी के नानके या दादके खानदान में किसी की मृत्यु हो जायेगी तो भुगतेगा मनोज। मनोज यह सब करेगा, लेकिन फिर भी उसे अपने ससुर के मन में प्यार की जगह नहीं मिलेगी। प्रशंसा होगी तो सतही और फिर उसकी तुलना किसी ऐसे व्यक्ति से की जायेगी, जिसे मनोज जानता भी न होगा और कहा जायेगा कि फलाँ व्यक्ति की तो बात ही निराली है। उसमें कितना सेवा भाव है। मनोज में भी है, लेकिन...बस, लेकिन के साथ बहुत कुछ जुड़ता चला जाता है। मनोज के इतना सब करने के बावजूद अगर कभी मनोज बीमार पड़ जाता तो उसका

हालचाल पूछने के लिए उसके ससुर का कई बार दो कदम चलना भी मुश्किल हो जाता। इतना सब भी पी जाता मनोज। किसके लिए? इसका एहसास अगर किसी को था तो सिर्फ मंजरी को, और यही एहसास मनोज को वहाँ से बाहर नहीं निकलने देता था। मंजरी कई बार कहती—"छोड़ देते हैं यह घर। पहले भी तो किराए पर रहते थे, अब भी रह लेंगे।" मनोज जवाब देता—"यहाँ भी कौन-सा मुफ़्त में रह रहे हैं मंजरी! बिजली के बिल, पानी के बिल, हाउस टैक्स के बिल, सभी हम ही तो देते हैं और इस पुराने घर का रख-रखाव, वो भी तो हमारे ज़िम्मे है। बाकी रही बात जाने की तो, जब चाहो चलो, पर यह सोच लो, दूर रहकर भी यह सब हमें ही करना है और पास रहकर भी...।" इस बात का मंजरी के पास कोई जवाब नहीं होता। तनाव रहता, झगड़े भी होते, पर मनोज को कोई विकल्प न सूझता। दो बार तो ऐसे अवसर भी आये जब मनोज ने घर बदलने का अन्तिम निर्णय कर लिया। इतना ही नहीं, मकान देखकर किराया भी एडवांस दे दिया और जब इसकी सूचना उसने मंजरी के पिता को दी तो वह सकते में आ गया। उसने 'कोई परवाह नहीं' का अन्दाज़ भी दिखाया। कोई परवाह नहीं वाले अन्दाज़ में भी शायद एक अन्धे व्यक्ति की मानसिकता काम कर रही थी। मनोज समझता था कि उनका उसके और मंजरी के सिवाय और कोई नहीं, लेकिन वे ही हालात ऐसे पैदा कर देते कि बस...कभी-कभी तो मनोज को मन्नू ही इतना महत्त्वपूर्ण लगने लगता, कि बस...। मन्नू की हरकतें भी तनाव पैदा करतीं। वह तनाव मन्नू की वजह से कम, मन्नू की माँ की वजह से अधिक होता। मनोज जानता था कि मन्नू मानसिक रूप से बाधित है। अपनी समझ के मुताबिक कुछ उलटा-पुलटा करेगा, लेकिन उसके उलटे-पुलटे को शह देने वाले उसके माता-पिता थे। वही मन्नू जब मनोज या मंजरी के साथ अकेला होता तो उसके व्यवहार में ज़मीन-आसमान का अन्तर आ जाता। तब वह अपने माता-पिता की उपस्थिति में अलग व्यवहार क्यों करने लगता है!

ज्यों-ज्यों मकान बदलने का समय करीब आता गया, उनके सम्बन्धों में एक गहरी चुप्पी घिरने लगी। उस चुप्पी को कभी-कभी मंजरी के पिता का कोई व्यंग्य-बाण तोड़ देता। मनोज ने एकदम खामोश रहने का संकल्प ले लिया था। उसे मालूम था कि उसके वहाँ से चले जाने के बाद उसकी कीमत का एहसास उन्हें होगा। अन्ततः चले जाने का दिन भी आ गया और उसी दिन सुबह मंजरी के पिता एवं माँ मनोज के कमरे में आ गये।

"आपने जाने का पक्का फैसला कर लिया है?" मंजरी के पिता ने पूछा।

"जी...!"

"एक बार फिर विचार कर लेते।" इस बार मंजरी की माँ ने कहा। मनोज एकदम हैरान। क्या पिछले दिन मंजरी से उन लोगों की कोई बात हुई है या उन्हें ही हक़ीक़त बिल्कुल सामने पाकर डर लगने लगा है। कौन आदमी किस मुक़ाम पर आकर टूटता है, इसकी पूर्व-घोषणा न कोई बड़े से बड़ा मनोविश्लेषक कर सकता है, न कोई नजूमी।

"पर हमें तो आज जाना है। मैंने कल टैम्पो भी बुक कर लिया है।"

"देख लीजिए।" टूटने के बावजूद भी मंजरी के पिता के स्वर में एक अस्पष्ट-सी ऐंठन अभी भी झलक रही थी।

"अब देखने को बचा ही क्या है!" मंजरी ने कहा।

"हाँ, यह रोज़-रोज़ का तनाव मुझसे बर्दाश्त नहीं होता।" मनोज ने कहा।

"क्या...! किस बात की तक़लीफ है?"

अब मनोज क्या कहे। किस बात की तक़लीफ नहीं। वह जब भी पढ़ने बैठने लगता है तो अन्धे की लाठी की खट-खट डिस्टर्ब करने लगती है। उनके खाने का वक़्त है तो उसी वक़्त उन्हें थूकना है, उसे सोना है तो उन्होंने ज़ोर-ज़ोर से रेडियो सुनना है, रेडियो बन्द हो तो पति-पत्नी दूर-दूर से चिल्ला-चिल्लाकर बात करेंगे। मन्नू को गालियाँ देना तो आम-सी बात थी। लेकिन यह भी कोई तक़लीफ है भला। मनोज और मंजरी के पिता की असली तक़लीफ यह थी कि वे एक-दूसरे को नापसन्द करते थे, फिर भी एक-दूसरे को झेलने के लिए अभिशप्त। होता है यही ज़िन्दगी में। जब कोई किसी को किसी भी वजह से नापसन्द करने लगता है तो उसकी कोई भी बात अच्छी नहीं लगती, मामूली से मामूली क्रिया भी जीवन में बड़ा तूफान लाती हुई दिखने लगती है। मनोज तो यह समझता था, शायद मंजरी भी...लेकिन वे तीनों?

बातों में थोड़ी तुर्शी आने लगी थी। मंजरी की बातों में ख़ासतौर पर तैश था। मन्नू एक कोने में खड़ा यह सब सुन रहा था, देख रहा था। उसे कितना समझ आ रहा था...नहीं मालूम...। लेकिन उसने इतना ज़रूर समझ लिया कि मनोज और मंजरी उस घर से जा रहे हैं। बातों-बातों में मंजरी की माँ भावुक हो गयी, रोने लगी—"आपके सिवा इस दुनिया में कौन है हमारा!"

"हाँ", एक बनावटी सी भावुकता से मंजरी के पिता ने भी कहा।

मंजरी भी भावुक हो गयी और मन्नू जहाँ खड़ा था, वहीं गिर गया।

सभी उसी ओर लपके। वह बेहोश हो गया था। उसका पाजामा आगे-पीछे से गन्दा हो गया था। उसे जल्दी से उठाया, बिस्तर पर लिटाया, हिलाया तो उसे कुछ होश आया और वह अपनी टूटी फूटी भाषा में हाथ जोड़कर कहने लगा—"नहीं,

मंजी...ना...भापा जी...न...।" फिर वह छत की ओर देखने लगा।

सब लोग परेशान हो गये। ऐसा नहीं कि मन्नू के साथ ऐसा पहली बार हुआ था। वह जब भी इमोशनली डिस्टर्ब हो जाता, ऐसा ही कुछ होता। शायद सबसे ज़्यादा असुरक्षा का भाव उसमें था। उसमें एक जानवर की-सी भावुकता थी जिसे वह बता नहीं सकता था। प्रकृति ही उसके माध्यम से अपना खेल खेलती थी। उसे यह विश्वास दिलाना ज़रूरी था कि मनोज और मंजरी उसे छोड़कर कहीं नहीं जा रहे। यह भी सम्भव है कि इस खेल में सभी यही चाह रहे थे कि यथास्थिति तो बनी रहे, लेकिन किसी की भी मानहानि न हो। शायद मन्नू के माध्यम से यह रास्ता निकल आया था।

मनोज पेशे से इंजीनियर था, पढ़ने-लिखने का शौक उसे आम लोगों से ज़्यादा था, इसलिए सम्भवतः वह आम लोगों से ज़्यादा संवेदनशील भी था। उसने वहाँ से जाना तो मुल्तवी कर दिया, लेकिन मन में यह तय किया कि उसे अब अगर वहाँ रहना है तो सिर्फ मन्नू के लिए। मन्नू तो मासूम है। उसके माता-पिता की बदतमीज़ियों और बदसलूकियों की सज़ा भला मन्नू को क्यों दी जाये। अब भले ही अग्रिम दिया गया किराया ज़ब्त हो जाये और टैम्पो वाले को भी भाड़ा देना पड़े, पर वह मन्नू को इस हालत में छोड़कर नहीं जायेगा। उसने यह भी तय किया कि अब वह मन्नू की अतिरिक्त देखभाल करेगा और जो भी खालीपन वह महसूस करता है, उसे भरेगा।

ज़िन्दगी भला कभी सीधी चलती है! कभी टेढ़ी-मेढ़ी, कभी चक्करदार, कभी ऊपर-नीचे। मनोज ने मन में भले ही संकल्प ले लिया था कि वह मन्नू की अतिरिक्त देखभाल करेगा, लेकिन ऐसा करना भी पूरी तरह से उसके हाथ में नहीं था। मंजरी की माँ को यह विश्वास ही नहीं होता था कि मन्नू की देखभाल उससे बेहतर कोई भी कर सकता है। हालाँकि मनोज की राय थी कि मन्नू को जीवन के लिए जिस तरह से तैयार किया जाना ज़रूरी था, वैसा नहीं किया गया, लेकिन उसकी इस बात से न मंजरी की माँ सहमत थी, न पिता। मनोज की कोशिशों का असर कई बार विपरीत होता, वह मन्नू को जो सिखाना चाहता, मंजरी की माँ को वह सब अनावश्यक लगता।

अजीब से हालात में रह रहे थे वे सभी। सभी कोशिश करते कि तनाव न हो, लेकिन तनाव फिर भी रहता। पहले से बढ़ता जाता। मनोज को लगने लगा था कि मंजरी के माता-पिता उसकी नर्व्स पर बैठे हैं। उसे अब हाई ब्लड प्रेशर भी रहने लगा था। उसने कई बार दरवाज़े की तलाश की, लेकिन उसे हर दरवाज़ा

बन्द मिलता। कभी-कभी किसी खिड़की या झरोखे से ताज़ा हवा का झोंका आ जाता तो उसे बड़ा अच्छा लगता। मनोज का स्थितियों पर कोई वश नहीं था। बेबसी के आलम में वह धीरे-धीरे अन्दर से खुद ही टूटने लगा था। टूटन का एहसास उसे घेरने लगा। वह बार-बार मुक्ति की राह खोजता, लेकिन...नहीं, मुक्ति की राह के सामने मंजरी थी, माँ थी, पिता था, मन्नू था। क्या करे मनोज! क्या एक-एक करके तीनों को खत्म कर दे या फिर तीनों से ही एकदम मुक्ति पा ले। नहीं, ऐसा सोचना अमानवीय है। तो ठीक है, वह बना रहे मानवीय और तिल-तिल करके टूटता रहे। कई बार तो उसे लगता कि तीन गिद्ध हैं जो बोटी-बोटी करके उसका मांस नोच रहे हैं और वह न चाहते हुए भी नुचवा रहा है मांस। क्यों? मंजरी के लिए! मन्नू के प्रति बची हुई करुणा के लिए या जायदाद के लिए!

ऐसे में मनोज दार्शनिक होने की कोशिश करता। लेकिन दर्शन भी तो दूसरों के लिए होता है। व्यक्ति जब स्वयं भट्ठी में जल रहा हो, तो कोई दर्शन काम नहीं आता।

मनोज ने नाव को लगभग खुले समुद्र में छोड़ दिया था। एक थपेड़ा इधर से तो नाव उधर, एक थपेड़ा उधर से तो नाव इधर। कभी लहरों के संग बहुत ऊपर तो कभी लहरों पर सवार बहुत नीचे।

ऐसे ही थपेड़े मन्नू को भी पड़ने लगे थे। वह पहले से भी ज़्यादा भावुक हो गया था। तनाव का माहौल देखते ही वह गिर जाता। डॉक्टर को दिखाया तो डॉक्टर ने यह कह दिया कि ऐसे बच्चों के साथ यह बहुत स्वाभाविक है। पर मनोज देख रहा था कि मन्नू अब उदास रहने लगा था। उसे खाने का बेहद शौक था, लेकिन अब वह कई बार खाने से भी मना कर देता। मंजरी की माँ परेशान होती। पिता को कोई विशेष अन्तर नहीं पड़ता। मनोज को यह देखकर कोई हैरानी नहीं होती। उसे याद है कि अपने पिता के निधन की ख़बर सुनने के बाद उन्होंने अपने निश्चित समय पर मंजरी से कह दिया—'मेरा खाना लगा दो'। यह बात उसे मंजरी ने ही बताई थी। मनोज ने कहा था—'ऐसा या तो सन्त कर सकता है या परले दर्जे का स्वार्थी'। मनोज कभी डाँटकर मन्नू को समझाने की कोशिश करता तो उसकी माँ कह देती—"ऐसा मत कहो, करोड़ों की जायदाद का अकेला वारिस है।" यह बात मनोज और मंजरी दोनों को तेज़ नश्तर-सी लगती। मनोज तो अन्दर ही अन्दर तक लहूलुहान हो जाता। मंजरी ज़रूर कह देती—"तो बुला लो न जिसे भी बुलाना हो, वही करेगा इसकी देखभाल, वही सँभालेगा जायदाद भी, हमें कुछ नहीं चाहिए।"

मनोज के नश्तर से छिले जिस्म पर जैसे मरहम-सी लगती। और वह फिर

नाव को समुद्र में ही छोड़ देता।

अचानक एक रात मन्नू को तेज़ बुखार आ गया। अगले दिन दवा दी गयी। ठीक हो गया। लेकिन उसे बुखार और पेट दर्द की शिकायत रहने लगी। सभी टेस्ट हुए। पता चला कि उसके पेट में कुछ अतिरिक्त ग्रोथ हो चुकी है। इलाज ...दवाएँ...इलाज! ऑपरेशन! परिणाम! कोई नहीं जानता, डॉक्टर भी नहीं।

इलाज शुरू तो एक नर्सिंग होम में हुआ, लेकिन धीरे-धीरे घर तक ही सिमट गया। मन्नू को डॉक्टर अक्सर घर में ही देख जाया करता था। अचानक डॉक्टर को बाहर जाना पड़ा। कुछ दवाएँ, कुछ हिदायतें डॉक्टर ने दीं।

मन्नू की तबियत तेज़ी से बिगड़ने लगी। उसे जगह-जगह कौन ले जाये। माँ! पिता! नहीं। तो? मंजरी और मनोज! मनोज ने डॉक्टर से पूछा था कि आखिर मन्नू को रोग क्या है? डॉक्टर ने कहा–"इलाज कर रहे हैं।" मनोज का अनुमान था कि मन्नू के पेट में कैंसर्स ग्रोथ है। बाद में डॉक्टर ने भी उसे सब बता दिया। इस रोग के लिए ऐसे बच्चों का इलाज सम्भव है या नहीं? है तो कहाँ? खर्च कितना होगा? वक़्त कितना लगेगा? और फिर परिणाम...मंजरी के पिता ने कहा था–"मैं अपनी सारी प्रॉपर्टी बेच दूँगा, लेकिन मन्नू बचना चाहिए।" मनोज को पहली बार मंजरी के पिता के अन्दर 'एक पिता' बैठा नज़र आया था। तय हुआ कि जैसे भी हो मन्नू का इलाज करवाया जाये, खर्चा चाहे जितना भी हो। अगले रोज़ उसे ले जाना था। मनोज का मानना था कि यह रोग लाइलाज है। इलाज करना है तो अपनी कॉन्शस साफ रखने के लिए। रात को अचानक मन्नू की तबियत ज़्यादा बिगड़ गयी। उसके अन्दर का कैंसर फट गया था। नीचे से खून निकलने लगा था। मनोज ने देखा कि मन्नू का खून काफी निकल चुका है। उसे साँस लेने में भी तक़लीफ हो रही है। उसे सचमुच लगा कि मन्नू को इस समय सबसे ज़्यादा टॉर्चर हो रहा है। वह क्या करे...! कुछ पल वह सोचता रहा। मंजरी के पिता ने कहा–"जल्दी डॉक्टर को बुलाओ या इसे अस्पताल ले जाओ।" मनोज ने इधर-उधर फोन घुमाए। मनोज ने मंजरी से कहा–"देखो, डॉक्टर तो आ जायेगा, लेकिन वह सिवाय इसका टॉर्चर बढ़ाने के और कुछ नहीं कर सकता...बोलो, क्या करना है?" मंजरी ने मनोज के हाथ पर अपना हाथ रख दिया। तभी दूसरे कमरे से मंजरी की माँ चिल्लाई–"मंजरी! जल्दी आ...!" मंजरी और मनोज जल्दी से उस कमरे में गये। मन्नू की साँस पहले से भी तेज़ चल रही थी। तभी उसके मुँह से खून की धार निकली और अगले ही पल उसकी गर्दन एक ओर लुढ़क गयी।

'मुक्ति हुई बेचारे की', मनोज ने मंजरी से कहा। उसी क्षण मनोज की आन्तरिक तहों को चीरता हुआ एक सवाल भी उछला–'मुक्ति मन्नू की हुई थी या उसकी?'

बाब

सुबह की सैर से लौटकर सीढ़ियाँ चढ़ ही रहा था कि मोबाइल बजने की आवाज़ सुनाई दी। मैंने कदमों की रफ़्तार तेज़ कर दी, दरवाज़ा खोला, मेज़ पर रखे मोबाइल की ओर बढ़ा। देखा स्क्रीन पर बाब का नाम चमक रहा था? पीछे आती पत्नी मीरा ने घर में प्रवेश करते-करते पूछा—''कौन है?'' ''बाब''...मैंने कहा। फोन बजता रहा। मीरा ने कहा, "सुन तो लो"। मैंने जवाब दिया, "नाश्ता-वाश्ता करने के बाद फोन कर लूँगा" और फोन बज-बज कर खामोश हो गया।

सुबह-सुबह बाब का फोन बेसबब नहीं बजता था। सबब यानी उसका कोई बहुत ज़रूरी काम, जो मेरे लिए बहुत ही ग़ैर-ज़रूरी, वक़्त ज़ाया करने वाला और कई बार ऊब तथा खीझ पैदा करने वाला होता था। मसलन कई बार उसे अपनी दुकान के लिए इश्तिहार या मैटर बनवाना होता था, तो कई बार देश-प्रेम के प्रचार का। उसे अपने देश से बड़ा प्यार था और वह इस प्यार का प्रदर्शन भी बार-बार करता रहता। उसे लगता कि सभी राजनीतिक दल मिलकर देश की लुटिया डुबो रहे हैं, तो क्यों न एक ऐसा राजनीतिक दल बनाया जाये, जिसमें सिर्फ़ वही लोग शामिल हों, जो निस्पृह भाव से काम करें। उस राजनीतिक दल का एजेण्डा भी एक बार वह बना लाया, जो डायरी के कई पृष्ठों में ऐसे फैला हुआ था कि उसका सिर-पैर जो भी पकड़ सके, वह महान योद्धा कहलाए। वह चाहता था कि उसने जो भी ऊट-पटाँग लिखा है, मैं उसे एक तरतीब दे दूँ। फिर वह बड़े-बड़े नाम फेंकता कि फलां-फलां तो आनन-फानन में हमारे इस दल में शामिल हो जायेंगे। मेरा उसे यह समझाना अखरता कि कोई भी राजनीतिक दल ऐसे नहीं बनता, उसके लिए बहुत ग्राउंड-वर्क करना होता है। लोगों के बीच घूमना पड़ता है, उनकी समस्याओं से जुड़ना पड़ता है, उनका विश्वास जीतना पड़ता है। "पुख़्ता राजनीतिक दल के लिए वैचारिक आधार ले लो, देश का भला हो, समाज का भला हो, बस...जल्दी से इसका कार्यक्रम बना दो, मैं अभी यहीं से प्रेस में जाकर छपवा लाता हूँ...तुम लिखो, तब तक मैं नाश्ता कर लेता हूँ" और वह मीरा की ओर मुख़ातिब हो

जाता–"भाभी जी, क्या खिला रहे हो" मीरा को मालूम था कि वह सुबह आयेगा तो नाश्ता लेगा ही, अगर शाम ढले आयेगा तो दो पैग पिएगा और खाना भी खाएगा। उसे भी कई बार उस पर खीझ आती थी और उस खीझ का ख़ामियाज़ा मुझे भुगतना पड़ता था। मैं मीरा की डाँट-डपट को याद कर ही रहा था कि फोन फिर बजा।

"उठातें क्यों नहीं" मीरा का डाँट भरा स्वर था।

"तुम्हीं तो कहती हो, उसे ज़्यादा मत चिपकाया करो, जब आता है, दो-चार घण्टे बर्बाद कर जाता है, और दो-चार घण्टे यूँ बर्बाद होने का अर्थ था पूरा दिन बर्बाद होना।"

"हाँ, हाँ, कहती हूँ, पर उसे कोई ज़रूरी काम भी तो सकता है।"

"ज़रूरी काम!" मैंने कहा– "याद है अभी पिछले इतवार ऐसे ही सुबह उसका फोन बजा था। हम अभी सोकर उठे ही थे। चाय पीने की तैयारी कर रहे थे, तभी, तभी बजा था फोन...मैंने उठा लिया।''

मेरे 'हलो' करते ही उसने बिना किसी भूमिका के कहा था–

"मैं बाब!"

"हाँ, हाँ बोल।"

"जल्दी से आ जा।"

"कहाँ?"

"थाने....मैं मायापुरी थाने में हूँ।"

मीरा ने चाय बनाते-बनाते पूछा–"क्या है?"

"बाब थाने में है....बुलाया है।"

मीरा भी चौंकी–"सुबह-सुबह, थाने में...कोई एक्सीडेंट हुआ है क्या?"

मैंने भी वैसे ही उससे पूछ लिया–"कोई एक्सीडेंट हुआ है क्या?"

"नहीं, तुम जल्दी से आ जाओ...बस...यहीं सब बात बताऊँगा।"

"चाय!" मीरा ने चाय मेरे सामने रखी और पूछा –"जाओगे?"

"जाना तो पड़ेगा, बड़ी पुरानी दोस्ती है...पूरे तीस साल..."

"फिर कोई मुसीबत होगी?" मीरा ने कहा।

"जो भी हो...जाना तो पड़ेगा।"

चाय पीते-पीते मीरा कह रही थी–"हो न हो, नीलम से झगड़ा हुआ होगा।"

नीलम बाब की पत्नी थी। अपनी शादी की रजत-जयन्ती उन्होंने पिछले साल ही तो मनाई थी। हमें भी बुलाया था। उसके रिश्तेदार भी थे। दोस्तों में मैं ही था। साथ में मीरा। उसका एक दोस्त और भी था–बब्बर। बाब ने अपनी शादी की रजत-जयन्ती का न्यौता जिन शब्दों में दिया था, वे शब्द कुछ यूँ थे–"आज

शाम को हम फ्लाइंग क्लब में मिल रहे हैं। आज मेरा मुक्ति दिवस है" ऐसा नहीं कि फ्लांइग क्लब में वह हमें पहली बार बुला रहा था। इससे पहले भी हम कई शामें उसके साथ वहाँ गुज़ार चुके थे। उन शामों में उसके दो-तीन प्रिय विषयों पर ही बात होती। देश-सेवा, समाज-सुधार और फिर नीलम की तीखी आलोचनाएँ। नीलम को वह चुनिन्दा गालियाँ निकाल-निकाल कर अपने वैवाहिक जीवन के दुखड़े रोता। यह चुनिन्दा गालियाँ आलोचना में एक चटख रंगत पैदा कर देती थीं। नीलम की निन्दा करते-करते वह उसके बाप और भाइयों को लपेटने से कभी नहीं चूकता। धीरे-धीरे उसके बच्चे, खास तौर पर उसका जवान बेटा भी आलोचना के उस तल्ख़ दायरे में खासी जगह पा लेता।

हम उस रोज़ भी फ्लाइंग क्लब गये थे। बाहर लॉन में कुर्सियाँ लगी थीं और उसके परिवार के कुछ लोग वहाँ मौजूद थे। बेटा भी था, लेकिन नीलम और उनकी बेटी वहाँ नहीं दिख रही थीं। जाने से पहले हम दोनों ने सोचा था कि इस मौके पर उसे क्या तोहफा दिया जाये। कोई सुन्दर सी बेड शीट, घर की सजावट के लिए कोई कलात्मक वस्तु, शैम्पेन की बोतल या फिर एक खूबसूरत सा गुलदस्ता। बिस्तर के लिए बिछौने तो उसके पास एक से एक सुन्दर थे। भले ही उसे कला की बहुत समझ न हो, लेकिन कलात्मक चीज़ें उसके घर में बहुत थीं। सर्दियों के दिन थे। दिसम्बर का महीना। सर्दी अपने यौवन पर थी। ऐसे में अच्छे फूल भी दिल्ली में मुश्किल से मिल पाते हैं, लेकिन फूलों की एक महँगी दुकान पर अच्छे गुलाब मिल गये थे। हम गुलदस्ता बनवाकर वहाँ पहुँच गये थे।

गुलदस्ता बाब के हाथों में देते हुए मैंने पूछ ही लिया—"नीलम नहीं दिख रही।"

"आती होगी...आज के दिन भी उसे नाटक करना था।''

"तब क्यों मना रहे हो यह सब..."

"आज मेरा स्वतन्त्रता-दिवस है" वह खांटी हिन्दी में बोला था।

"मतलब।"

उसने बगल में दबाए छोटे से थैले से कुछ काग़ज़ निकाले और कहा—"यह देख...हमारा एग्रीमेंट...आज से वह फर्स्ट फ्लोर पर रहेगी, मैं नीचे...देख...देख थाने में तय हुआ है सब...और कोर्ट में भी मैंने तलाक का मुकदमा दर्ज किया है।"

"यह तो तुम मुझे पहले भी बता चुके हो।"

"पर यह नहीं बताया कि कोर्ट में भी इसने लिखकर दे दिया है कि वह भी मेरे साथ नहीं रहना चाहती...लेकिन घर नहीं छोड़ती साली।"

"जायेगी कहाँ पर छोड़कर।"

"बहुत घर हैं इस कंजरी के, वो अब रखें न इसे" मुझसे रहा नहीं गया, मैंने कह ही डाला "यह शादी की रजत-जयन्ती मना रहे हो या मरण-दिवस।"

"स्वतन्त्रता-दिवस" फिर वही जवाब और वह दूर से आते किसी मेहमान की ओर लपका।

मीरा खामोशी से खड़ी सब सुनती रही। उसके वहाँ से हटते ही बोली "हमें यहाँ नहीं आना चाहिए था।"

"न आते तो कल सवेरे ही आ धमकता घर में और सौ-सौ तरह से कोसता..."

मीरा परेशान हो गयी थी..."चलो उधर बैठते हैं" तभी ड्रिंक्स सर्व होने शुरू हो गये थे। हम दोनों ने अपना-अपना गिलास पकड़ा और खामोशी से पीने लगे। यह खामोशी सिर्फ बाहर ही नहीं, कहीं हमारे अन्दर भी उतर रही थी।

सामने गेट पर नज़र पड़ी, देखा नीलम अपनी बेटी के साथ आ रही थी। बाब अपने रिश्तेदारों और मित्रों के साथ व्यस्त रहा। उसने नीलम को देखकर भी अनदेखा कर दिया। वह सभी को 'नमस्ते-नमस्ते' करती और सबकी मुबारकबाद लेते-लेते हम तक भी पहुँची। 'नमस्ते-नमस्ते' के साथ ही वह हमारे पास ही बैठ गयी।

"यह सब क्या हो रहा है नीलम?" मुझसे रहा नहीं गया और मैंने पूछ लिया।

"यहाँ बात करना मुश्किल है, कल सुबह आपके घर आऊँगी, मिल सकेंगे न!"

मैंने मीरा की ओर प्रश्नवाचक निगाहों से देखा।

"भाभी जी, आप भी ज़रूर रहें, वहीं बात करूँगी...पर यह बात इन्हें मत बताइए।"

"ठीक है", कहकर हम दोनों ने इन्तज़ार करते बैरे की ट्रे से एक-एक गिलास और उठाया और धीरे-धीरे घूँट लेने लगे।

नीलम उठकर चली गयी। बाब हाथ में वही काग़ज़ पकड़े इधर-उधर सब को दिखाता घूम रहा था।

अगले दिन सचमुच नीलम हमारे घर आ पहुँची थी, उसकी बेटी भी थी उसके साथ। इससे पहले फोन पर उससे बातें होती रहती थीं। संक्षिप्त। वह अपने पति की कई आदतों से परेशान थी। यही कि उसके घर आने और जाने का कोई समय नहीं, कि देश और समाज-सुधार के चक्कर में हर साल दो-चार लाख रुपये डुबो देता है, कि वह रोकती है या कोई सलाह देती है तो उसे गालियाँ निकालता है और कभी-कभी मार-पीट करता है, कि पति-पत्नी के उनके बीच सम्बन्ध खत्म हो चुके हैं, कि उसके माँ-बाप और भाइयों को कोसने और गालियाँ देने का कोई भी अवसर नहीं चूकता, कि अपने बच्चों पर भी उसे भरोसा नहीं और इन्तहां तब

होती है जब वह उन्हें अपनी सन्तान मानने से भी इन्कार कर देता है, कि अक्सर वह दोस्तों या इधर-उधर से किसी न किसी बहाने पैसे उधार माँग कर ले आता है। पैसे न लौटाने की स्थिति में वे पैसे उसे ही लौटाने पड़ते हैं, जो वह बड़ी मुश्किल से या तो बचा-बचा कर रख देती थी या फिर माँ से माँग कर लाती थी--पर वह यह सब कितनी बार करती। विस्तार से सब सुनने के बाद मैंने पूछा--"नीलम, इसमें मैं भला क्या कर सकता हूँ" तो उसका जवाब था "आप उसके दोस्त हैं, आपका उस पर प्रभाव है, वह आपकी बात सुनता है, उसे बताएँ कि वह ग़लत है।" मैंने मीरा की ओर देखते हुए कहा था, "उसे तो हम दोनों कई बार समझा चुके हैं, पर वो नहीं मानता। समाज-सुधार, देश-प्रेम का तो बहाना है, दरअसल वह कुछ भी उलटा-सीधा करके रातों-रात करोड़पति बनना चाहता है। उसने अपने मन में एक लक्ष्य पाल रखा है, किसी भी सफल व्यक्ति को देखकर, वह तुरन्त वैसा ही सफल हो जाना चाहता है, पर उस सफलता के पीछे मेहनत, समय और हालात के बारे में वह सोचता ही नहीं।" उसने फिर कहा--"आप ही उसे समझा सकते हैं, और हाँ, हो सकता है कल वह आप से भी पैसे उधार माँग ले, मत दीजिएगा...पैसा लौटेगा नहीं, तब मुझे मत कहिएगा" हम दोनों नीलम के चेहरे की ओर देख रहे थे। उसके चेहरे पर विक्षोभ, घृणा और उपेक्षा की मिली-जुली रेखाएँ उभरतीं और कौन सा भाव किस भाव में तिरोहित हो जाता, इसका अनुमान लगाना कठिन था।

लेकिन शायद चार या पाँच दिन बाद वह आया और उसने देहरादून में ज़मीन खरीदने, विकास करने और बेचकर करोड़पति बनने का सपना मेरे सामने परोस दिया और कहा--"एक प्लाट तुम्हारा, जल्दी ही दस हज़ार एडवांस दे दो।" मैं नहाने की तैयारी कर रहा था--मीरा और मेरी निगाहें क्षण भर के लिए मिलीं, दोनों की निगाहों में एक ही भाव "चक्कर में नहीं पड़ना" "मेरे पास इस वक्त पैसे नहीं हैं"--मैंने कहा। "कोई बात नहीं, नहा लो, बैंक चलते हैं", वह बोला।

मुझे लगा कि वह मेरे बचने का कोई भी रास्ता छोड़ना नहीं चाहता तो मुझसे रहा नहीं गया--"देख भई, लेन-देन की आयी बारी, समझो अपनी गयी यारी।"

"अरे सिर्फ़ दस हज़ार माँग रहा हूँ...इतना भी भरोसा नहीं, प्लॉट दूँगा, काट के बाकी दे देना" तब वह पंजाबी में बोला, "ए यारी ए का छोलयाँ दा वड्ढ।"

"जो भी समझ, मैं पहले ही भुगत चुका हूँ और प्लॉट-व्लॉट भी मुझे नहीं चाहिए।"

"सिर्फ़ दस हज़ार, क्या हैं तेरे लिए दस हज़ार, एक दिन में कमा सकता है तू..."

मैं चुप रहा। सोच रहा था कि वह जाये तो मैं नहा लूँ, लेकिन वह सोफे पर जमा रहा। मैं भी पूरी ढिठाई ओढ़कर नहाने के लिए बाथरूम में घुस गया। उस दिन नहाने में मैंने कुछ ज़्यादा ही वक़्त लगाया कि वह फ्रस्टेट होकर चला जायेगा, पर कितनी देर नहाता।

बाहर निकला तो भी विराजमान था। कुछ परेशान, कुछ मायूस सा बोला—"बात कुछ और है, जो तू मुझे पैसे नहीं दे रहा, वरना दस हज़ार तेरे लिए निकालना बायें हाथ का खेल है।" मेरा ध्यान अपने बायें हाथ की ओर गया, सही-सलामत था, पर वो खेल खेलने के लिए कतई तैयार नहीं था। अन्दर से मुझे उसकी हालत पर तरस आ रहा था। उसकी कोई जैनुइन ज़रूरत होती तो जैसे भी होता, पूरी करता, पर धन्धे में लगाने के लिए मेरे लिए पैसा लगाना, न मेरे स्वभाव में था, न मेरी ज़रूरत में।

हारकर उसने दूसरा पासा फेंका—"चल, ऐसा करते हैं, तेरी भी पत्ती रख लेते हैं।"

"मुझे व्यापार करना नहीं आता, न मैं करना चाहता हूँ, मेरे पास जो है, मैं उसमें खुश हूँ..."

"अच्छा मेरे साथ चलेगा?"

"कहाँ"

"देहरादून!"

"किसलिए?"

"ज़मीन देखने।"

"क्या करूँगा देखकर?"

"अच्छी लगे तो खरीदना प्लॉट"

"मसूरी भी जाना है?" मैंने पूछा।

शायद घुमन्तू कीड़ा अन्दर कुलबुला उठा था।

"कहोगे तो, वहाँ भी।"

घूमना मुझे अच्छा लगता था, इससे पहले भी मैं देहरादून और मसूरी घूम चुका था, फिर भी उसकी इस चाल में फँस ही गया।

"कैसे चलेंगे?"

"शताब्दी से।"

"वो तो निकल चुकी होगी?"

"कल सुबह चलेंगे न...मैं तुम्हारे पास साढ़े पाँच बजे आऊँगा, तैयार रहना।"

इस बार मीरा बोली, शायद वह मुझे बचाना चाहती थी।

"सारा खर्चा तुम करोगे बाब!"

"हाँ, हाँ, मैं ही करूँगा", कहते हुए उसने अपना चौड़ा हाथ अपनी चौड़ी छाती पर मारा।

और अगले दिन सुबह साढ़े चार बजे ही फोन की घण्टी घनघना उठी थी। मुझे थोड़ी देर से उठने की आदत थी। पर उठा, फोन उठाया—उधर से बाब ही था। "भूले तो नहीं न, तैयार हो जा, मैं आ रहा हूँ।"

वह सचमुच साढ़े पाँच बजे मेरे घर के नीचे अपनी गाड़ी में बैठा हॉर्न बजा रहा था।

बाब की हर हरकत के पीछे एक दास्तान होती थी। यहाँ भी थी। स्टेशन पर पहुँचते ही मैंने पूछा था—"बोगी और सीट नम्बर क्या है?"

"सारी गाड़ी अपनी है।"

"मतलब?"

"मतलब, टिकट रिज़र्व करवाने का टाईम नहीं मिला।"

"फिर?"

"चलेंगे...सब टी.टी. अपने हैं, कई बार जा चुका हूँ।" मुझे यह अजीब लगा था। ऐसा करना तो क्या, ऐसा सोचना भी मेरे स्वभाव में नहीं था। मुझे याद है एक बार मैंने परिवार सहित बम्बई-गोवा घूमने का कार्यक्रम बनाया था। टिकट मिले, लेकिन प्रतीक्षा-सूची में। छह लोग ही हमसे ऊपर थे। पूरी उम्मीद थी कि समय रहते आरक्षण आसानी से मिल जायेगा। दरअसल दिसम्बर के आखिरी हफ़्ते में हमें दिल्ली से रवाना होना था। हम भी नया साल गोवा में मनाना चाहते थे। धीरे-धीरे प्रतीक्षा सूची में हमारा नम्बर एक, दो, तीन, चार हो गया। वो ऐसा हुआ कि आखिरी वक़्त तक वहीं लटका रहा। ठीक छह घण्टे पहले पता चला कि हमारे दो टिकट आर.ए.सी में आरक्षित हो गये हैं। उम्मीद बँधी, सामान बाँधा, स्टेशन पहुँचे। आरक्षण-चार्ट देखा। मैं स्तब्ध था। वहाँ हमारे नाम अभी भी एक से चार प्रतीक्षा-सूची में टँगे हुए थे। कम्प्यूटराइज्ड व्यवस्था में यह गोलमाल कैसे हुआ—यह आज भी मेरे लिए एक रहस्य की बात है। टी.सी. से बात की वह पहले ही लोगों से घिरा और झल्लाया हुआ था। बच्चों की राय थी कि गाड़ी में चढ़ जाते हैं, देखा जायेगा। लेकिन मेरी हिम्मत नहीं पड़ी, मैंने उन्हें कहा—"कोई और गाड़ी होती तो यह जोखिम ले लेते, लेकिन यह राजधानी है।" ट्रेन हमारे सामने ही चल दी—हम घर के बुद्धू घर को आये।

और यह बाब! कैसा आदमी है। बिना टिकट ले जाना चाहता है देहरादून और वो भी शताब्दी एक्सप्रेस में।

मैंने साफ इनकार कर दिया, पर पता नहीं कहाँ से वह एक टिकट पैदा कर लाया, किसी और के नाम का था, पर टिकट तो था। सो एक ही बेनामी टिकट पर हम दोनों शताब्दी में सवार हो गये थे।

उसके किस्से बराबर चलते रहे, मुझे नहीं मालूम उसने टी.सी. को कैसे फिट किया। नाश्ता मिला और खाना भी।

मुझे समझ ही नहीं आ रहा था कि तब राजधानी में बम्बई न जाकर मैंने ठीक किया था, या अब उसके साथ शताब्दी में जाकर ठीक कर रहा था।

उस दिन तो हम सही-सलामत देहरादून पहुँच गये, लेकिन कुछ दिनों बाद वह मेरे घर आया था। आँखें सूजी हुई थीं, पर वैसे नार्मल ही दिख रहा था। यह तो उसने आकर बताया कि उसी देहरादून वाली शताब्दी में उसकी पिटाई की गयी थी—"सालों ने मारा भी ऐसा है कि दर्द बहुत है, लेकिन बाहर से शरीर पर कोई चोट नज़र नहीं आती" वह रेलवे पर मानहानि का दावा ठोंकने के लिए तैयारी कर रहा था और इसमें मेरी मदद चाहता था। मैंने उसे समझाया भी कि ग़लती उसी की रही होगी और पब्लिक सर्वेंट को एसाल्ट करने का मुकदमा वे भी तुम कर सकते हैं, पर वह टस से मस नहीं हुआ। जैसा उसने कहा, वैसा ही एक विरोध पत्र बनाकर मैंने उसे थमा दिया और ताकीद कर दी कि भविष्य में वह इस सिलसिले में मुझसे कोई बात न करे। मुझे नहीं मालूम कि बाद में उसने केस दर्ज करवाया था या नहीं।

नाश्ता करने के बाद बाब को फोन करने के लिए मैंने अपना मोबाइल उठाया ही था कि लैण्डलाइन की घण्टी बजी। मैंने पहले उसी से फोन सुनना चाहा। उठाया। उधर से आवाज़ आयी—"मैं चैरी बोल रहा हूँ...सुबह से कई बार फोन किया।"

"हाँ...हाँ, हम सैर को निकले थे, आज सैर लम्बी की...बोल... ।"

"अंकल, पापा इज़ नो मोर।"

"क्या!" कहने के साथ ही चोगा हाथ से गिरते-गिरते बचा। मीरा ने पूछा "कौन है।"

मैंने हाथ से ही उसे बरजते हुए चैरी से कहा—" कब, कैसे" मैं सचमुच सकते में था।

उधर से चैरी बता रहा था—"अंकल वो दो दोस्तों के साथ हरिद्वार गये थे, वहीं उन्हें अटैक आ गया और बस...ही इज़ नो मोर।"

"बॉडी?"

मीरा हैरान खड़ी सुन रही थी। मैंने फोन का स्पीकर खोल दिया—"दिल्ली ला रहे हैं...पहुँचने वाले ही होंगे।"

"आगे?" मैंने पूछा।

"शाम को चार बजे घर से चलेंगे।"

"आता हूँ", कहकर मैंने फोन रख दिया।

"बाब नहीं रहा" मैंने मीरा की उत्सुक निगाहों में फैले सवाल का जवाब दिया। वह भी खामोश हो गयी। हम दोनों सकते में थे। जैसे कोई बड़ा सदमा लगा हो।

चैरी बाब का बेटा था। मुझे याद आया, जब पैदा हुआ था वो तो बाब बेहद खुश था और उसने मुझसे ताक़ीद की थी कि मैं उसे उस बच्चे का ऐसा नाम सुझाऊँ, जो हमारे देश के चारों प्रमुख धर्मों का प्रतिनिधित्व करता हो। उस नाम में हिन्दू, मुस्लिम, सिख, ईसाई—चारों समाहित हों।

मैं तब बहुत विचलित हुआ था यह सोचकर कि कैसी विडम्बना है कि नाम से धर्म की पहचान होती है, जाति की पहचान होती है और इन्हीं आधारों पर देश, समाज और व्यक्तियों की लड़ाइयाँ लड़ी जाती है और उन लड़ाइयों में इंसानियत मरती है। पर यह एक सचाई है, इससे मुँह मोड़ सकना सम्भव नहीं।

उस दिन वह आया था और हम तीनों ने मिलकर उस बच्चे का नाम तय किया था—चैरी नवीन मोहम्मद सिंह। जो भी सुनता वह हँसता भी, चौंकता भी कि यह कैसा नाम है। पण्डित ने नामकरण केवल नवीन के नाम से ही किया था लेकिन बाब ने अपने बेटे का यही नाम प्रचलित किया।

बाब ने अपना नाम भी खुद 'बाब' तय किया था। माँ-बाप ने उसका नाम नन्दकिशोर रखा था और वह एन.के. बाब या फिर सिर्फ़ बाब के नाम से ही जाना जाता था। बाब ऐसा संकल्पशील था जो संकल्पों से जल्दी ही विचलित होता रहता। आज यह एक संकल्प तो कल दूसरा। संकल्प लेकर मंज़िल पहुँचने की ज़िद हवा में ज़्यादा रहती। उसे पूरा करने के लिए जिस योजना, उद्यम और नैरंतर्य की ज़रूरत होती है, उनके आसपास ही घूमकर रह जाता था पर वह एक ज़बर्दस्त गेट क्रैशर था। यूँ तो उसने जीवन में कई बार गेट क्रैश किया था, लेकिन दो बड़े गेट क्रैश बड़े दिलचस्प हैं। पहला जो मुझे बताया गया। बताने वाले से सार्वदेशिक आर्य प्रतिनिधि सभा के महासचिव। वे मेरे सहयोगी सहकर्मी थे। बाद में गुरुकुल कांगड़ी विश्वविद्यालय के कुलपति बने। एक दिन मिले, कहने लगे—"आपका यार बाब बड़ा ज़बर्दस्त आदमी है" "क्या हुआ?" मेरी उत्सुकता कुछ बाहरी थी, क्योंकि अन्दर से मैं जानता था कि बाब कुछ भी कर सकता है। उन्होंने बताया—"क्या बताऊँ, वो इतनी बड़ी सुरक्षा को चीरकर मंच तक आ पहुँचा।"

"कौन सा मंच?"

दरअसल अखिल भारतीय स्तर पर आर्य समाज स्वामी दयानन्द का बोधि-दिवस

मना रहा था। आर्य समाज द्वारा शिवरात्रि मनाने का ढंग। उस उत्सव में तब देश के प्रधानमन्त्री राजीव गाँधी प्रमुख अतिथि थे। सुरक्षा कवच मज़बूत था "न जाने कैसे वह उस मज़बूत सुरक्षा कवच को भेदकर मंच के पीछे पहुँच गया। वहीं से उसने अपना विज़िटिंग कार्ड राजीव गाँधी तक पहुँचा दिया। उन्होंने कार्ड देखा। उनके चेहरे पर हल्का सा स्मित फैला। उन्होंने सन्देश भिजवाया—रुकें। बाद में मिलता हूँ।

वहाँ मौजूद सभी लोग हैरान थे—कार्यक्रम के बाद राजीब बाब के पास आये। बोले "हाऊ आर यू बाब...कभी ऑफिस में मिलो" इससे पहले कि बाब कुछ कह पाता, सुरक्षाकर्मी राजीव गाँधी को गाड़ी की ओर ले गये।

दूसरी बार मैं उसका लोहा तब मान गया, जब उसने हमारे सारे परिवार को बिना टिकट किसी विदेशी स्टार का रॉक शो दिखा दिया—वो रॉक शो इन्दिरा गाँधी इनडोर स्टेडियम में होने वाला था। टिकटों का मूल्य हज़ारों में और वो भी अनुपलब्ध। मेरे दोनों बच्चे परेशान कि पापा यह रॉक शो ज़रूर देखना है। कोई निमन्त्रण-पत्र मिलने का तो प्रश्न ही नहीं था। मैंने बाब से कहा—"यार बच्चे बहुत परेशान कर रहे हैं, यह रॉक शो देखने के लिए, कुछ करो।"

बच्चों ने भी अंकल बाब को मस्का लगाया।

रॉक शो वाले दिन शाम सात बजे उसका फोन आया "तैयार हो जाओ, चलते हैं।" मैंने जल्दी से बच्चों को तैयार किया। वो अपनी गाड़ी लेकर ठीक सात बजे आ गया— बोला—"चलो, यह रॉक शो ज़रूर देखेंगे, बस अपनी गाड़ी मेरी गाड़ी के पीछे रखना और किसी से कोई बात मत करना।"

"ठीक है।"

रॉक शो के लिए इतने लोग कि ट्रैफिक जाम। जैसे-तैसे स्टेडियम के बाहर पहुँचे। जगह-जगह सुरक्षा। टिकटों की चेकिंग...कई नाके थे...पर पता नहीं, वो क्या मन्त्र पढ़ता, कहीं कोई कार्ड दिखाता और पार—पीछे-पीछे हम...आखिरी नाके पर सुरक्षाकर्मियों ने रोकना चाहा, उसने उनकी तरफ देखा तक नहीं, मैंने भी नहीं देखा और गाड़ी पार्किंग की ओर। वहीं से स्टेडियम के अन्दर घुसे। बुरा हाल था, वहाँ हजारों की संख्या में खड़े लोग उस विदेशी नृत्यांगना के जलवों पर और संगीत पर थिरक रहे थे। यह किस्सा अलग है।

मैंने मीरा से कहा—"कपड़े बदल लो, चलते हैं।"

उसने कहा—"नहीं, आज कॉलिज जाना बेहद ज़रूरी है, फिर उसकी बॉडी दिल्ली पहुँचने में वक़्त लगेगा, मैं कॉलिज हो आती हूँ, तुम तब तक महरियों से घर का काम करवा लेना...आकर चलते हैं।"

"ठीक है", कहने के अतिरिक्त मेरे पास और कोई विकल्प नहीं था। मैं जानता था कि घर के काम करवाने के सामने दूसरा हर काम स्थगित हो सकता था। हो सकता था नहीं, होना ही चाहिए। मीरा ऐसा ही सोचती थी।

मीरा के कॉलिज चले जाने के बाद न जाने बाब से जुड़ी कितनी स्मृतियाँ मेरे इर्द-गिर्द घूमने लगीं। चित्र पटल बने, मन पर एक हल्की सी तरेड़ दिखाई दी।

"हाँ, अब यह सम्भव नहीं था..." पर उस तरेड़ के बीच से कहीं मेरा कमीनापन झाँक रहा था। एक बात जो उसे मैं बताना चाहता था, अब कैसे बता पाऊँगा।

वो नीलम से झगड़ा करके अक्सर मेरे पास आता था। हमें उससे कोई सहानुभूति नहीं होती थी, क्योंकि हमें लगता था कि उसे बर्दाश्त करना आसान नहीं। दरअसल उसे ऐसा लगता भी था कि हम उसका पक्ष लेकर नीलम को समझाते नहीं, समझाने का मतलब लताड़ना। नीलम के अपने प्रति व्यवहार से यूँ तो मैं खुश नहीं था, लेकिन बाब द्वारा उस पर चरित्रहीनता की लगाई तोहमतों से मैं सहमत नहीं था। फिर भी, बातों-बातों में एक दिन जाने कैसे मैंने कह दिया "नीलम के साथ मेरी बहुत बातें होती हैं, हुई हैं, बस उसके साथ सोया ही नहीं" किसी भी पति के लिए ऐसी बात बर्दाश्त बाहर थी, उसका चेहरा भी लाल हो गया था, पर वो खुद नीलम की इतनी निन्दा कर चुका था कि क्या करता, क्या न करता वाली हालत में था। उसकी हालत जो भी हो, लेकिन मुझे मालूम था कि मैं झूठ बोल रहा हूँ और मालूम था कि इस बात से उनके सम्बन्धों में आया तनाव और बढ़ जायेगा लेकिन अब तो तीर कमान से निकल ही चुका था। उसके चले जाने के बाद मैं अपनी कमीनगी पर शर्मिन्दगी महसूस करता रहा। मीरा को बताया—उसने कहा—"ठीक नहीं किया तुमने, उसे बता दो कि तुमने यह बात झूठ कही है।" मीरा की बात से सहमत था, लेकिन उसने मुझे अपनी सफाई देने का अवसर ही नहीं दिया।

मुझे उसके घर जाना, नीलम के सामने होना...साहस ही नहीं बटोर पा रहा था। हम सीधे श्मशान ही पहुँचे। वे पहले ही पहुँच चुके थे। उसके अन्तिम संस्कार की तैयारी हो रही थी। मन हुआ कि अभी जाकर उसके शव के पास बैठकर सच बता दूँ, लेकिन नहीं गया। बब्बर दिखा। उसी के साथ ही गया था वह हरिद्वार। मैंने पूछा—"बब्बर साहब! यह अचानक कैसे हो गया।"

"आपको तो पता ही है, हमेशा टेंशन में रहता था...घर के झगड़े और दुनिया जीत लेने का एम्बीशन। ज़मीन देखने जाना था अगले दिन देहरादून के पास...बस रात को खाने-पीने लगे। घर की बात छिड़ गयी...आवेश में आ गया...हाई ब्लड प्रेशर तो उसे रहता ही था...और भरोसा था उसे अपनी नैचरोपैथी पर। बस कहने लगा—"बायें

बाज़ू में दर्द हो रहा है, ज़रा दबा दो" दबाया, थोड़ी देर आराम मिला, फिर वही ...और बस हाँफने लगा, पसीने-पसीने...हमने जल्दी से टैक्सी मँगवाई, डाला... अस्पताल तक पहुँचने से पहले ही वह जा चुका था...डाक्टरों ने देखा–जाँचा, पर सब बेकार...मैं तो कहता था इसे दो रोटी तूने खानी है, दो उसने, चैन से रहो ...आप तो उसके दोस्त हो सब जानते हो।"

पीछे से अन्तिम संस्कार के मन्त्रोच्चार मेरे कानों में पड़ रहे थे। मैंने मुड़कर देखा। उसकी देह को चिता पर लिटा दिया गया था। अन्तिम दर्शनों के लिए उसके मुख से कपड़ा हटाया गया। मैंने झलक भर देखा उसका मुख पीला पड़ा हुआ था। इससे अधिक देखने का साहस मैं नहीं जुटा पा रहा था। मैंने जल्दी से अपना मुँह दूसरी ओर कर लिया।

अण्डा

अपने स्कूटर को पवन ने पार्किंग में लगाया और बाड़ा हिन्दू राव अस्पताल की ऊँची इमारत को देखने लगा। जब वह यूनिवर्सिटी आता तो कई बार इधर से ही निकलता था। रिज का रास्ता उसे खुला और कुदरती खुशबू से भरा लगता था भी। तब दिल्ली में इतनी भीड़ नहीं थी कि कहीं भी चैन से चलने या ड्राइव करने की जगह न मिले। दो-एक बार वह अपनी प्रेमिका के साथ भी इधर घूमने आ चुका था। उसने अस्पताल को कभी इस नज़र से देखा नहीं था कि कभी उसके अन्दर भी जाना पड़ सकता है। आज उसे उस अस्पताल के अन्दर जाना था।

मुख्य-द्वार पर कदम रखते ही दवाओं की तीखी गन्ध से उसका माथा झनझना गया। उसने जेब से रूमाल निकालकर नाक पर रखकर गन्ध को रूमाल में बाँधने की कोशिश की, जैसे कि वह गन्ध को रूमाल में बाँधकर रख सकता था। जैसे-जैसे वह अस्पताल के अन्दर घुसता गया, दवाओं के साथ मरीज़ों की गन्ध भी घुलने लगी। गलियारे के एक कोने पर 'गमकते' शौचालय की गन्ध। यानी सब मिल-जुलकर गन्ध की काकटेल बन रही थी। थोड़ी ही देर में गन्ध उसकी नसों में समा गयी और उसने नाक पर रखा रूमाल हटा लिया।

वह दायें-बायें जनरल वार्ड खोजने लगा। ग्राउंड फ्लोर पर ही उसे जनरल वार्ड मिल गया। बेड नं. 8 वार्ड में घुसते ही दिखा। बेड के पास ही चमन चाचा और बेला चाची खड़े थे। चमन चाचा उसकी ओर ऐसे लपके जैसे उससे मिलने के लिए वे न जाने कितनी सदियों से उसका इन्तज़ार कर रहे थे। पवन ने हल्का सा झुककर उन्हें, फिर चाची और आखिर में बेड पर लेटे एक कंकाल को प्रणाम किया।

पवन दरअसल इस कंकाल को देखने ही आया था। सुबह ही चमन चाचा ने अपने बड़े भाई मदन को फोन पर बताया था कि 'पिता जी बहुत दिनों से बीमार हैं और पिछले तीन दिनों से अस्पताल में हैं। पता नहीं कितने दिन और चलें एक बार आकर मिल लें।'

मेघराज के तीन बेटे थे। मदन, चमन और कमल। मदन यूँ तो खुद बिस्तर से लगा था। पूरी तरह से अपनी पत्नी और बच्चे पर आश्रित, पर चाहता तो एक बार मिलने जा सकता था, लेकिन उसने सुविधाजनक रास्ता चुना। अपने दामाद पवन को बुलाकर कहा कि वह अस्पताल जाकर उसके पिता को देख आये। जाना तो पवन की पत्नी भी चाहती थी, लेकिन वह अपने दो छोटे-छोटे बच्चों को कहाँ छोड़ती। सो अन्ततः यह ज़िम्मेदारी पवन पर ही आयी। छोटा भाई कमल सुबह ही अस्पताल आया था और थोड़ी देर रुककर अपने काम पर निकल गया।

पवन ने देखा जनरल वार्ड के बेड नं. 8 पर एक नर कंकाल आँखें मूँदे, सीधा लेटा हुआ था। हालाँकि रिश्ते में मेघराज पवन का दादा-दामाद ही ठहरता था, पर इससे पहले उसने मेघराज को सिर्फ़ एलबम में ही देखा था। पवन खड़ा सोच ही रहा था कि वह क्या करे, चमन चाचा ने औपचारिकता निभाते हुए पूछा—"कुछ लोगे पवन।"

"नहीं, नाश्ता लेकर ही निकला हूँ।"

चमन चाचा ने दायें-बायें झाँका, जैसे वे कुछ चुराने की तैयारी कर रहे हों, फिर पत्नी की ओर संकेत भरी नज़रों से देखा और मुख़ातिब हुए पवन की ओर—"ऐसा है, मुझे जाना है...रोज़ ही देर हो जाती है...छुट्टियाँ भी खत्म हैं...बैंक की नौकरी है...सेफ की चाबियाँ भी मेरे पास हैं...यह चल नहीं सकता...समझ रहे हो?"

"जी", पवन ने चमन का मंतव्य जान लिया था।

"मैं बैंक हो के आता हूँ...तब तक।"

"ठीक है, तब तक मैं रहूँगा" पवन ने चमन चाचा की दुविधा को समझते हुए कहा।

चमन चाचा ने आँखों के संकेत से बेला को समझा दिया कि तुम भी मेरे साथ निकल लो, यहाँ कब तक फँसी रहोगी। वह तो पहले से ही चलने को तैयार थी। जाते-जाते चमन चाचा ने अपनी पूरी सफाई पेश कर दी—"अकेले हम कितना सँभालें, बड़े भाई तो लगे हैं बिस्तर से, छोटा दूसरे-तीसरे आ जाता है...बस..." और फिर दोनों बाँहों को दुआ माँगने की मुद्रा में उठाकर एक लम्बी आह भरी और तेज़ कदमों से पत्नी समेत वार्ड से बाहर हो गये।

बेड के पास ही रखे एक स्टूल को सरकाकर पवन उस पर बैठ गया। उसने वार्ड के एक-एक बेड पर नज़र डाली। एक-एक मरीज़ का मुआयना किया और अन्ततः उसकी नज़र बेड नं. आठ पर आकर केन्द्रित हो गयी।

छह फुट लम्बे बिस्तर पर फैली वह देह पायताने की ओर से बाहर निकल रही थी। उम्र होगी लगभग पिच्चासी। नाक सीधी और तीखी। सिर पर अभी भी

बाल थे—बेशक जड़ों तक पके हुए। बीच-बीच में खुलती अधमुँदी आँखें अपने युवा-सौन्दर्य पर बयान दे रही थीं। गर्दन सूखकर अपेक्षाकृत लम्बी लगने लगी थी। हाथ-पाँव बेजान होकर फालतू सामान लग रहे थे। पवन बैठा-बैठा सोचने लगा। 'आदमी क्या से क्या हो जाता है...क्या नाम बताया था इनका हाँ...मेघराज।'... उसके ससुर यानी मदन कभी-कभी अपने पिता के बारे में बताते थे कि वे एक निहायत दबंग, मुँहफट, खर्चीले और बेपरवाह किस्म के इंसान थे...पवन की पत्नी कुन्ती ने भी दो-एक बार बताया था कि उसने दादाजी को पहली बार पच्चीस साल पहले देखा था...तब वे साठ के रहे होंगे...कितने सजीले और सुन्दर...कलफ लगी सलवार, अफ़गानी कुर्ता, तुर्रेदार पगड़ी और सुनहरी जूती यानी कुल मिलाकर मेघराज का व्यक्तित्व सजीला और रोबीला था...दरअसल मदन यानी कुन्ती के पिता ने अपना सजीलापन और रोबीलापन अपने पिता मेघराज से ही पाया था। साठ की उम्र में यह कंकाल हुई देह इतनी सुन्दर, सजीली और रोबीली थी तो तीस की उम्र में ...तीस की उम्र का ध्यान आते ही पवन की सोच मेघराज से हटकर अपने पर केन्द्रित हो गयी। वह खुद भी तो इस समय तीस का ही था...पर...इससे पहले कि वह इसके आगे कुछ सोचता। राउंड लेते डॉक्टर ने उसकी सोच के आवेग में एक कंकड़ फेंका—"आप इनके साथ हैं?"

"जी।"

डॉक्टर ने मेघराज की नब्ज़ देखी, आँखें देखीं फिर पवन से पूछा—"कुछ बोले।"

"जी नहीं, मुझसे नहीं।"

डॉक्टर ने पास खड़ी नर्स को कुछ हिदायतें दीं और चले गये।

थोड़ी देर बाद पवन के लिए वक़्त काटना बहुत मुश्किल लगने लगा। वह मेघराज को कितना देखता। न तो उनसे कोई बात हो सकती थी, न किसी तरह की सेवा। एक निस्पंद सा पड़ा शरीर। शेष मरीज़ों के साथ उसका कोई रिश्ता न था। दूर किसी मरीज़ के पास उसे स्टारडस्ट दिखाई दी। वह वक़्त काटने के लिए उसे माँग लाया और पन्ने पलटने लगा। मैगज़ीन के पन्नों में कई चेहरे उतरने लगे। एक युवा नायक के चेहरे में मेघराज का चेहरा उतर आया। फिर परिवार के कई चेहरे और आखिर में पवन ने देखा कि एक बूढ़ा बगल में पोटली दबाए इधर-उधर घूम रहा है।

पन्नों से गूँजती आवाज़ें पवन को सुनाई देने लगीं। बेला चाची कह रही थी—"रोज़-रोज़ नहीं होता मुझसे यह काम...बाकी सब तो बैठे हैं आराम से...काट रहे हैं चैन की ज़िन्दगी और सारी मुसीबत मेरे गले पड़ी है।"

मेघराज बैठा हुआ खामोशी से सब सुन रहा है। खामोशी से सुनने के सिवाय

उसके पास कोई और विकल्प भी तो नहीं था।

बरसों पहले उसने चमन की शादी बेला से की थी। बड़ी सज-धज से निकली थी बारात... बड़े बेटे मदन ने तो यह मौका दिया नहीं था, सो अपनी सारी हसरतें मेघराज ने मँझले बेटे चमन की शादी में पूरी कीं। अभी थोड़ी देर पहले ही तो पवन बेला चाची से मिला था...दूसरी बार...पहली बार उसने बेला चाची को अपनी शादी में देखा था, पर शादी में मिलना-देखना इतना औपचारिक होता है और फिर न जाने कितने लोगों से दो-चार घण्टे में ही मिलना, किसी के भी बारे में सब ठीक-ठीक याद नहीं रहता। पवन को बेला चाची सुन्दर लगी थीं, थीं भी। मेघराज ने तभी उसे अपनी बहू बनाने के लिए चुना था।

अपने बड़े बेटे मदन से मेघराज हमेशा ख़फ़ा रहता। अपने पिता की तरह से मदन भी अक्खड़, मुँहफट और तुनकमिज़ाज था। वह तो अपनी शादी से पहले ही घर छोड़कर चला गया था। अब मेघराज को मँझले बेटे चमन और छोटे बेटे कमल का ही आसरा था।

मेघराज की बन्द पुतलियों के अन्दर कई-कई स्मृति-चित्र थिरक रहे थे। चमन के बाद मेघराज ने जल्दी ही कमल की शादी भी कर दी। बेला जितनी सुन्दर थी, उससे अधिक चतुर। उसने अपने ससुर मेघराज का विश्वास जीत लिया और फिर अपने कस्बाई चातुर्य से कमल को घर से बाहर का रास्ता दिखा दिया।

मेघराज का मकान अपना था। काफी बड़ा मकान था। विभाजन के बाद उसे क्लेम में यही प्लाट मिला था, जिस पर उसने जल्दी ही मकान बनवा लिया। मदन अक्खड़ होने के साथ अणखी भी था, सो उसने उस मकान की तरफ देखा भी नहीं, न कभी पिता से कोई मदद माँगी। कमल थोड़ा सीधा था, सो जल्दी ही घर से बाहर कर दिया गया। अब मकान पर पूरी तरह से चमन और बेला का कब्ज़ा था।

बेला ने अपनी शादी की पाँचवीं सालगिरह पर ससुर से तोहफ़ा माँगा और बड़ी मासूमियत भरी चतुराई से मकान तोहफ़े में ले लिया। मेघराज आशंकित तो था, लेकिन तब तक वह बेटे-बहू के प्रभाव में इतना आ चुका था कि उसके मुँह से 'ना' नहीं निकली। बेला की मासूमियत भरी चतुराई से मासूमियत का मुलम्मा उतरने लगा। उसने मेघराज को उपेक्षा के दायरे में धकेलने में बहुत वक़्त नहीं लगाया।

पवन देख रहा था कि एक बूढ़ा आदमी बगल में पोटली दबाए अपने बड़े बेटे मदन के घर जा रहा है। दूसरे फ्रेम में वह छोटे बेटे कमल के घर जाता दिखा और फिर सड़कों पर घूमता दिखा मेघराज। कभी सड़क, कभी कोई ढाबा, कभी

नाई की दुकान, कभी बस स्टॉप पर और कभी पार्क के किसी कोने में बैठा बूढ़ा मेघराज। मेघराज की यही दिनचर्या थी, सालों से। घर रुकता तो तानों के हंटर पड़ते। कमल के यहाँ जाता तो क्या कहता कि अब उसके मकान पर उसका कोई हक़ नहीं। मदन से वो वैसे ही संकोच करता।

शाम को चमन घर लौटता। बेला से पूछता—"पिता जी कहाँ गये?"

"होंगे कहीं गली में ताश खेलते...सारा दिन अकेली घर में खटती हूँ। यह नहीं कि बाज़ार से सब्ज़ी-भाजी ही ला दें...ताश खेलने से फुरसत मिले तो...।" बेला की शिकायतों की लिस्ट लम्बी थी और उसे कई बार सुन-सुन कर चमन भी तंग आ चुका था। न तो पत्नी से और ना ही पिता से कुछ कहने की उसकी हिम्मत पड़ती। इसलिए जली-कटी सुनने को टालने के लिए वह कहता—"क्या लाना है, मैं ले आता हूँ।"

"अरे सारा दिन मगज़ खपा कर आये हो, बैंक की नौकरी है, कोई खेल नहीं, बैठो आराम से, टी.वी. चला लो, मैं चाय लाती हूँ।"

बेला की इस बात के सामने चमन क्या बोलता उसने कपड़े ढीले किये और रिमोट हाथ में लेकर टी.वी. के सामने बैठ गया।

बेला जैसे ही दो प्याले चाय के हाथों में पकड़े कमरे में आयी, मेघराज ने प्रवेश किया। मेघराज के देखते ही बेला ने पलटी मारी। अपने लिए लायी चाय का प्याला मेघराज की तरफ बढ़ाते हुए कहा—"अच्छा हुआ बाऊजी, वक़्त पर पहुँचे ...यह चाय लो।" मेघराज बेला का काँइयाँपन अच्छी तरह से समझता था। यह वही बेला है जो चमन के घर से बाहर निकलते ही ऐसा माहौल बना देती थी कि मेघराज को घर से बाहर भागने के सिवा कोई रास्ता ही न सूझता था। उसके मन में आया कि चाय का प्याला लेकर उसी के सिर पर गरम-गरम चाय उँडेल दे और कहे—'कमज़ात, तिरिया-चरित्तर छोड़, मुझे चैन से बची-खुची ज़िन्दगी काटने दे' पर साथ ही उसे यह भी ख़याल आ गया कि वह ऐसा करेगा तो बददिमाग कहलाएगा...झूठा बनेगा—कि बहू तो अपने हिस्से की चाय दे रही है और...फिर सारा दिन इधर-उधर भटकने के बाद मेघराज बहुत थका हुआ भी था...न करने की हिम्मत नहीं हुई...जवानी के दिन होते तो मारता एक थप्पड़...पर जवानी की ऐंठन बुढ़ापे में नहीं चलती। उसने एक विवशता भरी निगाहों से बेला को देखा और चुपचाप चाय का कप लेकर एक ओर बैठकर पीने लगा।

"एक खाली कप और ले आओ, हम आधी-आधी कर लेते हैं", चमन ने बेला से कहा।

"हाय-हाय...क्या बात करते हो जी...भिखमंगों का घर थोड़े ही है...यह लो

...मैं और बनाती हूँ...आप एक कप और लोगे न" बेला ने भिखमंगों शब्द पर ज़ोर दिया था। मेघराज कट गया था सुनकर, पर चाय पीता रहा।

"ले लूँगा", चमन ने यह सोचकर कहा कि कहीं सिर्फ़ अपने लिए चाय बनाने का बेला आलस न कर जाये और फिर इस बहाने उसे भी एक कप चाय और मिल जायेगा।

बेला की यही सयानप कई तरह से काम करती थी। यूँ मेघराज मैले-कुचैले कपड़ों में रहे तो रहे, पर बाहर जाने से पहले कपड़े ज़रूर बदलवा देती। साथ ही यह कहना न भूलती—"भिखमंगे से लगते हो इन कपड़ों में, बदलो।" यूँ खाने में जो बचा-खुचा होता, वह कभी सीधे और कभी रूप बदलकर मेघराज के काम आता, लेकिन सुबह का नाश्ता किसी के सामने देना हो तो वह मेघराज को अण्डा उबालकर देना नहीं भूलती और न ही यह कहना भूलती—"इन्हें अण्डा बड़ा पसन्द है, वो भी उबला हुआ...वैसे भी इनकी उम्र में उबला हुआ अण्डा ही इनकी सेहत के लिए ठीक है, क्यों बाऊजी!" और मेघराज ज़रा सी गर्दन हिलाकर 'हाँ' कह देता।

दरअसल मेघराज बचपन से ही खाने का शौकीन था। जवानी के दिनों में दो-तीन सौ डंड पेलना उसके लिए मामूली बात थी। शरीर को खूब तेल पिलाता, मालिश करवाता और कसरत करता—कसरत के बाद दूध में दो-तीन कच्चे अण्डे घोलकर पीना उसे पसन्द था। आधा दर्जन से कम केले नहीं खाता था वह। घी, मक्खन सब कुछ तो खाता था धड़ल्ले से। खुद शरीर कमाता और दूसरों को भी यही सलाह देता—"यही उम्र है शरीर कमाने की, जितना कमाना है, कमा लो, यही काम आयेगा, बाकी सब बकवास।"

ज़िम्मेदारियाँ, उम्र और फिर अन्त में हाथों का पैसा और अपने नाम का मकान—जब दोनों ही मेघराज के हाथ से निकल गये तो कमाया हुआ शरीर गलने लगा। हड्डी मज़बूत थी तो चला, वरना कभी का राम-नाम सत्य हो गया होता।

वक़्त ने धीरे-धीरे सब छीन लिया, पर मेघराज के अण्डे खाने का शौक नहीं छूटा। कच्चे अण्डों की जगह उबले अण्डों ने ले ली। जैसे-तैसे वह रोज़ एक अण्डा तो पा ही जाता। बेला को यह खटकता था। उसे निखट्टू मेघराज एक बोझ लगने लगा था...मेघराज उसके लिए एक सारहीन सत्ता थी...फिर उसने तरह-तरह के बहाने बनाकर अण्डे घटाने शुरू किये। रोज़ की जगह अण्डा सप्ताह में तीन दिन ही मिलने लगा, फिर दो दिन, फिर एक दिन और एक दिन उसने घोषित कर दिया—"बाऊजी, अण्डों का रेट देखा है...सारी उम्र बहुत खा लिए...अब तो अण्डों का मोह छोड़ो...'राम-नाम' भजने के दिन हैं बाऊजी।" मेघराज सब सुनता रहा। वह जानता था कि बेला की मर्ज़ी के बिना उस घर में पत्ता भी नहीं हिलता। हाँ,

जब कभी कोई मेहमान भी नाश्ते में शामिल हो तो अण्डे मेज़ पर हाज़िर होते और वह डरते-डरते एक अण्डा खा ही लेता। यही वजह थी कि घर में मेहमानों का आना मेघराज को बहुत अच्छा लगता, बल्कि वह बड़ी बेसब्री से मेहमानों का इन्तज़ार करता और जाती बार उन्हें जल्दी ही फिर आने की ताकीद करना तो वह कभी नहीं भूलता। बेला आँखें तरेरती रह जाती, पर इतनी बात तो मेघराज कह ही जाता।

मेहमानों का अकाल पड़ा तो मेघराज छोटे बेटे कमल के घर पहुँच जाता। उसे वहाँ अण्डा तो मिल जाता, पर इज़्ज़त नहीं। एक दिन तो कमल की बीवी ने कह ही दिया—"जिसके नाम मकान कर दिया है, वो नहीं खिलाती अण्डा।" उस दिन मेघराज इतना कटा कि फिर कभी वहाँ नहीं गया। बड़े बेटे मदन से उसकी वैसे ही नहीं पटती थी। साल में एकाध बार वह पोते के मोह में वहाँ चला जाता...पर अण्डा...नहीं...अण्डों से भरा फ्रिज देखता...पर कहने की हिम्मत नहीं हाती कि अण्डा खिला दो।

अण्डा जैसे-जैसे मेघराज से दूर होता गया, वैसे-वैसे अण्डे ने उसके मन में अपना घर बसा लिया—घर से बड़ा प्यार होता है, वैसा ही प्यार था मेघराज को अण्डे से। उसके सपनों में अंडा अक्सर उतरता। नाचता हुआ। अण्डों के ढेर, अण्डों के पेड़, अण्डों के पहाड़, अण्डों की सड़कें, अण्डों की झालरें, अण्डों का वितान—कई-कई रूपों में अण्डा उतरता था उनकी पुतलियों के संसार में। उसके मकान की तरह से अण्डे का संसार भी मेघराज के हाथों से फिसल चुका था, मेघराज उस फिसले हुए संसार को पकड़ने की कोशिश कर रहा था। उसके होठ कुछ बुदबुदा रहे थे। पवन का ध्यान टूटा। वह मेघराज के पास गया—"बाऊजी! कुछ चाहिए..."

"अण ऽऽ अण्ऽऽडा।"

"क्या अण्डा!" पवन को लगा उसने शब्द ठीक से नहीं सुना। इसलिए फिर पूछा—"अण्डा?" मेघराज की मुँदी हुई आँखें ज़रा सी खुलीं। दायाँ हाथ ज़रा सा ऊपर उठा। गले से लड़खड़ाती सी आवाज़ आयी—"हाँ"।

पवन पसोपेश में पड़ गया। इस हालत में अण्डा, देना भी चाहिए कि नहीं। उसने इधर-उधर देखा कि कोई डॉक्टर या नर्स दिखे तो पूछ ले, लेकिन पूरे वार्ड में मरीज़ों और उनके रिश्तेदारों के अतिरिक्त कोई न था। पवन थोड़ी देर तो खड़ा सोचता रहा कि उन्हें अकेला छोड़कर जाना ठीक भी होगा या नहीं, चाचा जी भी जल्दी आने को कह गये थे, पर अब तो शाम उतरने को है। पवन को जो समझ में आया, उसने वही किया। वह लपककर बाहर निकला और दो उबले हुए अण्डे ले आया। अण्डा छीलते-छीलते वह सोच रहा था—शायद अण्डा खाने से उनमें हिम्मत

आ जाये और वे ठीक हो जायें। अण्डा छीलकर उसने उसके छोटे-छोटे टुकड़े किये और एक टुकड़ा मेघराज के मुँह को छुआते हुआ बोला—"बाऊजी! मुँह खोलो, अण्डा।"

मेघराज के चेहरे पर अप्रत्याशित रूप से एक चमक आ गयी। उसने चिड़िया के बच्चे की चोंच की तरह से मुँह खोल दिया। फिर दूसरी बार, फिर तीसरी बार। आधे से ज़्यादा अण्डा खाने के बाद मेघराज ने हाथ उठाकर संकेत दिया—'बस!' पवन चाहता था कि मेघराज पूरा अण्डा खा ले। यह सोचकर पवन ने अण्डे का आखिरी टुकड़ा भी मेघराज के बन्द होठों पर रख दिया। मेघराज ने फिर आँखें खोलीं, बन्द की...उसका चेहरा ज़र्द होने लगा...वह डॉक्टर को खोजने लगा...संयोग से डॉक्टर उसी समय वहाँ आया..."यह क्या खिलाया है आपने?"

"अण्डा माँगा था, वही" पवन ने डरते हुए ही कहा।

"अण्डा..." इससे पहले कि डॉक्टर कुछ और कहता...मेघराज ने तेज़ हिचकी ली। डॉक्टर उसके शरीर पर झुक आया। उसने उसकी नब्ज़ देखी, फिर पाँव, फिर पुतलियों को उल्टा और पवन से पूछा—"आप?"

"मैं पवन! इनका दामाद!"

"जिसे भी ख़बर करनी है, कर दो...ही इज़ नो मोर" कहकर डॉक्टर ने पेशेंट शीट पर अपनी कार्रवाई की और चला गया।

शान्त लेटे मेघराज के पास अकेला पवन खड़ा था, अन्यमनस्क सा। साथ ही पड़ी तिपाई पर पड़ा दूसरा अण्डा मेघराज के तृप्त चेहरे को देखकर झूम रहा था।

जुगलबन्दी

दिल्ली में जब भी कोई हिन्दी का नया-नया लेखक बनता है तो अपनी पहली पाण्डुलिपि उठाकर वह शाहदरा की ओर भागता नज़र आता है। दो-एक किताबें छपने के बाद वह अंसारी रोड के भूगोल से वाक़िफ़ होने लगता है। लेखक भी किसिम-किसिम के। मसलन कुछ लेखक होते हैं और सिर्फ़ लेखक ही होते हैं, लेकिन कुछ होते तो पत्रकार हैं, लेखक बन जाते हैं। कुछ लेखक भी पत्रकार से लगने लगते हैं। ऐसे ही कुछ होते तो प्राध्यापक हैं, लेकिन दो-तीन साल पढ़ाने के बाद उन्हें लेखक बनने में देर नहीं लगती और कुछ होते तो लेखक ही हैं, पर दुर्भाग्यवश प्राध्यापक बन जाते हैं और उनके अन्दर बैठा लेखक बेचारा-सा लगने लगता है। ऐसे ही कुछ प्रकाशक भी लेखक हो जाते हैं और कुछ लेखक प्रकाशक बनकर लिखना छोड़ देते हैं। ऐसे में अनजाने में ही सही लेखन का बड़ा भला होता है। लेखकों की इतनी कोटियाँ, पर मनीष मोहन ऐसी किसी भी कोटि में फिट नहीं हो रहा था। हालाँकि एम.ए. करते ही मनीष मोहन को लेक्चरर की नौकरी मिल गयी थी, फिर भी लेखन की लत नहीं छूटी। कविता-कहानी लिखते रहने से ही उसे अपने अस्तित्व की सार्थकता का एहसास होता रहता था। पत्नी भी उसे अच्छी मिल गयी थी। लेखन के इल।के में उसकी थोड़ी-बहुत चर्चा भी होने लगी थी, पर अभी तक उसकी एक भी किताब छपकर नहीं आयी थी। उसे लगता था कि शाहदरा की गलियाँ उसे बुला रही हैं, उसने पाण्डुलिपि भी तैयार कर ली थी। चाहता तो वह किसी लेखक-मित्र के माध्यम से पाण्डुलिपि किसी प्रकाशक तक पहुँचा सकता था, लेकिन न जाने कौन सा बोध उसे ऐसा करने से रोक रहा था। वह दूसरों की किताबें छपकर आती देखता और अपने चेहरे को मुस्कान से सराबोर करके उन लेखकों को तपाक से बधाई देता। पर अन्दर ही अन्दर ईर्ष्या का अजगर पसरा रहता, जिसे वह बड़ी सफाई से अन्दर ही छिपाए रखता। किताब की साज-सज्जा, कीमत वगैरह पर तुरन्त प्रशंसात्मक टिप्पणी करने की कला उसने सायास अर्जित कर ली थी, इसलिए कुछ लेखक उसे समीक्षक भी मानने लगे थे। मनीष खुद को

कवि के रूप में ही देखना चाहता था और चाहता था कि वह प्रसाद, पन्त और बच्चन की तरह से एक प्रतिष्ठित कवि बने। इसी बीच उसे कहानी और फिर नाटक लिखने की लत भी पड़ गयी थी। उसे लगने लगा था कि उसमें एक सम्पूर्ण लेखक होने की पूरी-पूरी सम्भावनाएँ हैं। पर मात्र सम्भावनाओं से क्या होता है! सम्भावना अगर हक़ीक़त में तब्दील नहीं होती तो उस सम्भावना का अर्थ ही क्या है? सम्भावना से हक़ीक़त की ओर आने के बीच एक पुल था। प्रकाशक नाम का पुल। इसे तो पार करना ही था उसे। वह शाहदरा कई बार हो आया। दो-एक प्रकाशकों के यहाँ भी गया। उनकी प्रकाशित किताबें देखता, कुछ लाइब्रेरी के लिए खरीद भी लेता और इन्तज़ार करता कि कोई प्रकाशक उससे पूछे–'इधर क्या लिखा है...कुछ हो तो हमें दीजिए', पर ऐसा किसी ने नहीं कहा और वह झोले में जैसे पाण्डुलिपि डालकर ले जाता, वैसे ही लौटकर आ जाता है। यूँ मनीष की गिनती बड़बोले लोगों में होती थी, लेकिन एक दब्बूपन भी उसे दबोचे बैठा था। शायद अपने दब्बूपन को छिपाने के लिए ही उसने बड़बोलेपन का कवच धारण किया हुआ था।

किसी भी प्रकाशक से कोई टाँका फिट न होने के कारण वह विचलित अनुभव करने लगा था। धीरे धीरे वह अपने ही खोल में सिमटता गया। गोष्ठियों में आना-जाना भी कम होने लगा और उसने एक दिन पाण्डुलिपियों को अलमारी में बन्द करके रख दिया। वह घर में ही मस्त हो गया। किताब पढ़ने की जगह उसे पड़ोस में ताश खेलना ज़्यादा पसन्द आने लगा। इस बहाने वह जवान होते लड़कों की संगत में रहता और उनके जीवन-मूल्यों की पड़ताल करता।

मनीष में एक आदत यह भी थी कि किसी भी काम में अपने को लम्बे समय तक व्यस्त नहीं रख पाता था। किताब और ताश के बीच उसके जीवन की धुरी घूमने लगी थी। लिखकर भला क्या होगा? कौन सी क्रान्ति आ जायेगी और कौन सा समाज सुधर जायेगा! उसे भी लिखकर क्या मिलने वाला है। न कोई आर्थिक लाभ, न यश, लिखना अपने-आप में ही टॉर्चर है। उसमें आनन्द कैसा! तरह-तरह के तर्क उसके मन में उठते थे। वह सचमुच नौकरी, पत्नी, पड़ोस और ताश में व्यस्त हो गया। वह भूलने लगा था कि कभी वह लिखा भी करता था।

मस्ती के दिन काटता हुआ मनीष एक दिन कॉलिज पहुँचा तो उसे उसका इन्तज़ार करता एक व्यक्ति मिला। मनीष नहीं जानता कि वह कौन है, लेकिन वह व्यक्ति मनीष को पहचानता था। मनीष के स्टॉफ रूम में प्रवेश करते ही वह उसके पास पहुँचकर बोला–"मेरा नाम रूपसिंह महान है।" नाम सुनकर मनीष को लगा कि कोई महान लेखक उसके सामने है, लेकिन अगले ही पल उसने जब

यह कहा कि वह एक 'परकासक' है और कुछ किताबें दिखाना चाहता है, तो उसे लगा जैसे 'परकासक' ने उसके कानों पर हथौड़ों की तेज़ चोट कर दी हो। दूसरे ही क्षण उसके मस्तिष्क का दूसरा कोना सक्रिय हो गया—'परकासक' है तो क्या, किताबें तो छापता ही है, "दिखाऊँ?", उसने पूछा।

मनीष को लगा कि ऊँट पहाड़ के नीचे आ गया है—"हाँ, हाँ।"

रूपसिंह ने फटाफट बड़ा-सा बैग खोला और मनीष के सामने किताबें फैलाने लगा। एक के बाद एक नायाब किताब। ऐसी नायाब कि मनीष ने एक भी किताब का आदेश नहीं दिया। उसे यह भी लग रहा था कि एक व्यक्ति इतना बोझ लादकर लाया है तो उसका कुछ न कुछ बिल तो बनवा ही देना चाहिए, लेकिन वह सार्वजनिक धन को व्यर्थ की किताबों पर क्यों खर्च करे! रूपसिंह के चेहरे पर मायूसी साफ तैर रही थी। "चाय लेंगे", मनीष ने पूछा। रूपसिंह ने घड़ी की ओर देखते हुए कहा—"शाम ढल रही है, वक़्त तो किसी और चीज़ का है।" मनीष थोड़ा असमंजित हो गया कि वह रूपसिंह की इस बेतक़्ल्लुफी का क्या जवाब दे! वह उसे पहली बार ही तो मिला था। फिर भी मनीष के होठों पर हल्का-सा स्मित फैल गया और उस पर बिना कोई टिप्पणी किये दो प्याला चाय मँगवा ली।

चाय पीते हुए भी कई बार औपचारिकता टूटने लगती है। पूरी तरह से ना भी टूटे तो उसमें अनौपचारिकता की सेंध तो लग ही जाती है। यही हुआ। रूपसिंह ने मेज़ पर फैली अस्वीकृत किताबों को एक लेखक की निगाह से देखा। मानो कि लेखक अपनी अस्वीकृत रचनाओं को देख-देखकर सम्पादकों को कोस रहा हो। उसने फिर हिम्मत की—"एक भी किताब पसन्द नहीं आयी?" "यह दोयम दर्जे के लेखकों की किताबें हैं, कई तो दोयम दर्जे की भी नहीं हैं और प्रकाशक भी ...पता नहीं कहाँ-कहाँ से पैदा हो रहे हैं। ईंट उठाओ तो प्रकाशक झाँकने लगता है...अब तो लेखक कम और प्रकाशक ज़्यादा हो रहे हैं", कहकर मनीष ने कई सालों से दबे आक्रोश का एक अंश मात्र ही निकाला था। उसका बस चलता तो कहता—"अरे चूतिए के पट्ठे परकासक, प्रकाशक बोलना तो सीख, फिर करना किसी लेखक से बात...चले आते हो दुनिया भर का कूड़ा उठा के।" "यह तो अपनी-अपनी पसन्द की बात है जी", रूपसिंह कह रहा था। "मैं तो बाहर भी जाता हूँ, दिल्ली में तो अभी घूमना शुरू किया है...यह मुश्किल यहीं पर है, बाहर तो पन्द्रह-बीस परसेंट दो और जो चाहे, बेच लो...यह बड़े-बड़े परकासक, सभी यही करते हैं, हमारे पास नहीं हैं इतने पैसे एडवांस देने को तो थैला उठाए घूमते हैं...वरना कौन किस लेखक को कितना पढ़ता है, कितना जानता है, यह दिल्ली वालों को नहीं है पता।"

मनीष को उम्मीद नहीं थी कि रूपसिंह भी ऐसी तेज़ बात कर सकता है।

उसके मन में रूपसिंह के बारे में बनी पहली धारणा बदलने लगी। उसने कनखियों से एक बार फिर किताबों की ओर देखा और कहा—"यहाँ तो ऐसी कोई उम्मीद करना नहीं...बाहर ऐसा होता है, तभी तो हो रहा है सारा बंटाधार...लेखक का, प्रकाशक का...अनाप-शनाप लेखन...अनाप-शनाप प्रकाशन और अनाप-शनाप कीमत..." कहकर उसने एक किताब उठाई। "यही देखो, तीन सौ रुपये...तीन सौ...मेरी समझ से इसकी कीमत सौ-सवा सौ से ज़्यादा नहीं होनी चाहिए।"

"मेरा तन्त्रर अलग है मनीस जी, कभी आइए!"

"कहाँ है आपका प्रकाशन?"

"अंसारी रोड पर।"

जब मनीष ने यह सुना तो उसके व्यवहार में थोड़ी और नरमी आ गयी और उसने न सिर्फ़ उसके ऑफिस में आने का वायदा किया, सात किताबें भी खरीद लीं।

देश की राजधानी दिल्ली। दिल्ली में अंसारी रोड सभी तरह की किताबों का एक बड़ा बाज़ार है। हिन्दी के प्रकाशकों की कोई कमी नहीं है यहाँ। रूपसिंह ने यूँ अपना प्रकाशन नेकचंद के साथ मिलकर कमला नगर में शुरू किया था। कुछ दिन के बाद पार्टनरशिप टूट गयी और वीणा प्रकाशन दो हिस्सों में बँट गया। वीणा प्रकाशन अपने मौलिक नाम से ही कमला नगर में काम करता रहा लेकिन रूपसिंह ने अभिनय प्रकाशन, शाहदरा की ही एक कॉलोनी सीलमपुर से शुरू कर दिया। रूपसिंह की शैक्षिक योग्यता—वह सिर्फ पहली जमात पास था। मेहनत और अनुभव से उसने हिन्दी और अंग्रेज़ी में 'रूपसिंह' लिखना सीख लिया था। थोड़ी और मेहनत करने के बाद उसने हिन्दी में लिखे किताबों के शीर्षक और नाम पढ़ने भी सीख लिए...थोड़ी और मेहनत की तो वह टूटे-फूटे ढंग से हिन्दी पढ़ना और लिखना भी सीख गया, लेकिन बड़ी मेहनत के बाद भी अंग्रेज़ी में हस्ताक्षर करने से आगे नहीं बढ़ सका। उसका उच्चारण बाज़ारू और बोलने का लहज़ा ठेठ अपना ही था। उसके व्यवसाय के लोग उसे 'गेट-क्रैशर' कहते थे। इतनी कम शिक्षा और जानकारी के बावजूद वह कहीं भी जाकर अपना काम कर ही आता था। उसकी इसी क्षमता के कारण अभिनय प्रकाशन जल्दी ही जाना जाने लगा। मनीष मोहन को एक ऐसे प्रकाशक की तलाश थी, जो उससे किताब माँगकर छापे, जल्दी छापे और जो भी वह लिखे, वही छापे। सम्भवतः औरतों की तरह से एक छठी इन्द्रिय लेखक में भी होती है, जिससे वह सूँघ लेता है कि कौन प्रकाशक, कौन सम्पादक और कौन समीक्षक उसके काम आ सकता है। मनीष मोहन की भी छठी इन्द्रिय

सक्रिय हो उठी थी।

एक दिन वह अभिनय प्रकाशन में जा ही धमका। अंसारी रोड की मुख्य सड़क पर ही एक बिल्डिंग की पहली मंज़िल पर अभिनय प्रकाशन का छोटा-सा ऑफिस था। यही कोई दस बाई बारह फुट का कमरा। चारों ओर किताबें, किताबों के एक रैक के साथ सटी हुई कुर्सी और मेज़। वहीं रूपसिंह विराजमान था। मनीष को देखते ही रूपसिंह उछलता हुआ-सा अपनी कुर्सी से उठा और बोला—"अरे मनीस जी! धन्य हुए हम, आइए, आइए, बैठिए...ओह मोहरे! पानी पिला।" मनीष ने रूपसिंह के सामने वाली कुर्सी सँभाली और किताबों पर नज़र फेरने लगा। मोहरे ने पानी ला दिया।

मनीष का पहला सवाल—"मोहरे, कुछ अजीब नाम है न! पहली बार सुना है।"

"नाम तो इसका लालचंद है, पर मेरा यह एक तेज़ मोहरा है।"

"घोड़ा है या प्यादा", मनीष ने पूछा।

"है तो प्यादा ही, पर इसे घोड़ा या ऊँट बनते देर नहीं लगती।" रूपसिंह ने जवाब दिया।

"इधर से गुज़र रहा था, आपके प्रकाशन का बोर्ड देखा, सोचा मिलता चलूँ।" मनीष ने मिलने के लिए अपनी उत्सुकता को भरसक दबाते हुए कहा।

"अहोभाग्य" रूपसिंह को लग रहा था, यह मोहरा भी फिट हो रहा है और मनीष मोहन को लग रहा था कि पहली बार किसी प्रकाशक से जैनुइन तरीके से टाँका जुड़ रहा है।

सीन एक

वही दिन, वही जगह। समय दिन के दो बजे। रूपसिंह मनीष मोहन को किताबें दिखा रहा है। इसी बीच उसने चुपके से मोहरे को सौ का नोट देकर बाहर भेज दिया है। मनीष पूछता है—"कहाँ जा रहा है?" "अभी आता है", रूपसिंह जवाब देता है। मनीष फिर पूछता है—"क्या मँगवा रहे हो"— फिर वही जवाब—"अभी आता है।" रूपसिंह बात जारी रखता है—"इतने दिनों में तो आये हो, थोड़ी देर तो बैठोगे", मनीष को समझ में नहीं आ रहा कि वह क्या करे। देखी हुई किताबों को फिर देखने लगता है, देखते-देखते पलटने लगता है। पलटते हुए ही—"अरे महान जी, इसमें तो भयानक ग़लतियाँ हैं!"

"तो क्या हुआ?"

"इससे पाठक भ्रष्ट होगा।"

"अरे मनीस जी, इस किताब को पढ़ेगा कौन...पढ़ा-लिखा ही पढ़ेगा न, वह खुद ही समझ जायेगा कि फलां सब्द यह नहीं, यह है, और अनपढ़ तो इसे पढ़ेगा ही नहीं, तब परेसानी क्या है!"

मनीष को रूपसिंह के तर्क में दम तो लगता है, लेकिन वह सहमत नहीं हो पाता—"पर कम पढ़े-लिखे भी तो पढ़ते हैं...और हमें भी अटपटा लगता है ऐसे पढ़ते हुए!"

"दो-चार बार में ठीक हो जायेगा, फिर भी आपकी किताब में ध्यान रखूँगा।"

मनीष ने तो कहा भी नहीं था कि वह उससे अपनी कोई किताब छपवाना चाहता है, फिर रूपसिंह ने ऐसा क्यों कहा। "साला अपनी किताबें पेलना चाहता है"—मन ही मन मनीष ने सोचा। कारण जो भी हो, मनीष से पहली बार किसी प्रकाशक ने ऐसा कहा था। उसके चेहरे पर आत्मगौरव का बोध झलकने लगता है। आत्मगौरव के बोध में नहाता मनीष मोहन। इसी बीच मोहरा प्रवेश करता है। उसके हाथों में बीयर की दो बोतलें हैं। वह बोतलें मेज़ पर रख देता है।

मनीष की आँखें हल्की सी विस्फारित।

रूपसिंह बोतलों को छूकर पूछता है—"ठण्डी हैं न?"

फिर खुद ही जवाब देता है—"हाँ हैं।"

"गिलास ला।"

मोहरा दो गिलास लाता है।

मनीष पूछता है—"महान जी, आपको कैसे पता कि मैं पी लेता हूँ।"

"अजी वो कैसा लेखक, जो पीता नहीं।"

"यह लेखक बनने की क्वालिफिकेशन है क्या?"

"सो मुझे नहीं मालूम, लेखक हो और पिए नहीं, यह हो ही नहीं सकता।"

मनीष मन ही मन सोचता है कि रूपसिंह के अपने कुछ निश्चित मूल्य हैं, स्थिर मान्यताएँ और तय हो चुके एटीट्यूड्स।

यों मनीष कभी-कभार पी लिया करता था, लेकिन इस वक़्त तो वह पीने के मूड में बिल्कुल नहीं था, बोला—"मैं दिन में पीता नहीं।"

"यह कौन सी दारू है मनीस जी, बीयर ही तो है... खाना खाया कि नहीं?"

"कुछ भूख नहीं लगी।"

"बस...बस एक-एक बीयर, भूख भी खूब लगेगी।" कहते हुए रूपसिंह बीयर खोलकर गिलासों में उँडेलने लगता है। गिलास मनीष को देकर टकराते हुए—"चीयर्स।"

"चीयर्स।"

इससे पहले सचमुच मनीष ने दिन में कभी नहीं पी थी, फिर भी वह रूपसिंह के आग्रह को टाल नहीं सका। ऐसा क्यों? ऐसा ही कुछ मंथन उसके मन में होने लगता है।

दूसरी बीयर खुलने के साथ ही मोहरा फिर दृश्य से बाहर हो जाता है और थोड़ी ही देर में दो बीयर और लिये हुए लौटता है।

मनीष–"अरे महान जी, यह क्या कर रहे हो?"

रूपसिंह–''एक-एक से क्या होगा।'' कहते हुए वह फिर गिलास भर देता है।

दो-दो बीयर पीने के बाद मनीष और रूपसिंह में गहरी छनने लगती है।

दृश्य में एक और व्यक्ति का चेहरा दिखता है, रूपसिंह चिल्लाता हुआ-सा–"अबे ओ...ओ...इधर, इधर आ।"

एक टूटा-फूटा सा व्यक्ति दृश्य के पूरे फ्रेम में आ जाता है।

रूपसिंह की आवाज़ में रोबीलापन आ गया–"इधर बैठ... इनसे मिल, यह हैं...यह हैं मनीस...मनीस मोहन...बहुत बड़े लेखक...क्या...!"

"बहुत बड़े लेखक", आन्गतुक दोहराता है।

"और मनीस जी, यह जैन है...हमारा लैंड..." इसके आगे वह अभद्र शब्दों का इस्तेमाल करने लगता है। मनीष को अब समझ में नहीं आ रहा कि वह क्या करे...वह उठकर जाना चाहता है...रूपसिंह उसे रोकते हुए कहता है–"बैठो, बैठो मनीस जी...यह जैन है न...वैसे अपना यार है...पिएगा एक गिलास...ओ मोहरे ...दे एक गिलास इस भैन के जैन को...।" मेहरा वैसा ही करता है।

"जा दो बीयर और ला..." मोहरा जाने लगता है।

मनीष–"छोड़ो महान जी, काफी हो गयी, अब खाना खाते हैं।''

रूपसिंह–"खाना...हाँ...खाना...साला खाना...जा बे ले के आ...और दो पत्ते भल्ला...मटके वाले से बे..."

मोहरा खड़ा रहता है।

"जाता क्यों नहीं...ओ... अच्छा...यह ले", अंटी से पैसे निकाल के देता है। मोहरा चला जाता है। "मनीस जी! यहाँ एक मटके वाला है...हाँ...चार बजे गये न...आ गया होगा, क्या बढ़िया भल्ले बनाता है...स्साला चार बजे आता है, सात बजे माल खत्म...हम साले चूतिया...सारा दिन रगड़ते रहते हैं...किस-किसकी नहीं सुनते...क्या-क्या नहीं करते...और वो भल्ले वाला तीन घण्टे में इतने पैसे कमा के ले जाता है, जितने हम तीन दिन में नहीं कमाते...।" रूपसिंह को बीयर चढ़ जाती है, उसके होठ फैल जाते हैं...आँखें अन्दर को धँसने लगती हैं। वह बोलता

जाता है—"हम परकासक समझते हैं, किताबें छापकर बड़ा महान काम कर रहे हैं...क्या...बोल भैन के जैन...।"

"महान काम!" जैन बोला।

"हाँ महान काम...इसलिए मैंने अपना नाम ही महान रख लिया...रूपसिंह महान...पर कुछ नहीं होता मनीस मोहन जी, कुछ नहीं होता...किताब कोई पढ़ता नहीं, खरीदता तो कोई है ही नहीं।"

"कौन खरीदेगा ऐसी भ्रष्ट किताबें।"

"भ्रस्ट...हाँ...ठीक कहा...भ्रस्ट, पर बड़े-बड़े परकासक तो सुद्ध छापते हैं... पूछो उनसे...रोते दिखते हैं...उनसे मैं अच्छा हूँ...जो छापता हूँ, बेच लेता हूँ...उनसे भी अच्छा और भल्ले वाले से भी अच्छा...इज़्ज़त है मेरी..." कहते हुए वह हँस पड़ता है।

मोहरा दो बीयर और ले आता है।

इसके बाद दृश्य बदल जाता है। वे दोनों 'पिशोरी दा होटल' में खाना खाते दिखते हैं। यह बात और है कि वे लंच की जगह डिनर खा रहे हैं।

सीन दो (वाचक)

श्रद्धानंद मार्ग का दिन ओर श्रद्धानंद मार्ग की रात-दोनों में उतना ही फर्क है जितना लाल और काले में। दिन में श्रद्धानंद मार्ग पर काला व्यापार धड़ल्ले से होता है। रात को वहाँ राग-रंग की महफ़िलें सज जाती हैं। राग भी ऐसा जिसके पीछे सिक्कों की खनक है। कुछ नहीं में से कुछ भी थोड़ा-सा पा लेने की ललक है। बहकते कदम, लड़खड़ाती ज़बानें, कुछ मस्ती के किस्से, कुछ लहलहाते गाने। एक अलग माहौल उभरता है, श्रद्धानंद मार्ग पर रात की गलियों में। सीढ़ियों पर चढ़ते, उतरते, टकराते लोग कभी एक-दूसरे को परखते हुए तो कभी एक-दूसरे से बचते हुए निकल जाते हैं। गलियों के कोनों पर जवान होते लड़कों के तमाशबीनी झुण्ड कोठों से छनकर आती आवाज़ों को सुनते हैं और पुलिस के गश्ती दस्ते को देखते ही इधर-उधर होने लगते हैं।

ऐसे ही माहौल में एक स्कूटर रुकता है। उसमें से रूपसिंह महान और मनीष मोहन नीचे उतरते हैं। यह जानते हुए भी कि वे किस जगह पर हैं, मनीष पूछता है—"यह कहाँ ले आये?"

"लेखक हो...यह अनुभव नहीं लोगे तो लिखोगे क्या...मुझे देखो मैं तुम्हारे सामने एक पूरा उपन्यास खड़ा हूँ, जब चाहो लिख लो।" रूपसिंह आप से तुम

पर आ गया था, पीने के बाद होने वाली मित्रता उन दोनों के बीच फैलने लगी थी याकि वे एक-दूसरे की ज़रूरत को पूरा करने का सामान बन रहे थे।

"आओ", रूपसिंह का स्वर आदेशात्मक था। मनीष मोहन के ज़हन में अपने कॉलिज के दिन कौंध जाते हैं। वह जब कॉलिज में था तो एक टूर पर गया था, बहुत सारे लड़कों के साथ। पहला पड़ाव था आगरा। आगरा में शाम ढलते ही लड़कों के एक दल की जिज्ञासा थी बसई जाकर गाना सुना जाये। दो-एक तो गंगा भी नहाना चाहते थे, पर मनीष जाना ज़रूर चाहता था। बसई बहुत दूर थी, सो एक दलाल के ज़रिए वे राजा की मंडी में एक पुराने कोठे पर पहुँच गये। एक कमरे में दस लड़कों को बिठा दिया गया। सभी के चेहरों से लग ही रहा था कि वे नये कबूतर हैं। थोड़ी ही देर में आदाब बजाते हुए साज़िंदे आ गये थे और उसके बाद बाई जी।

साज़िंदों ने जैसे ही संगीत छेड़ा... एक स्थूल बदन जवान लड़की छनछनाती हुई कमरे में आ गयी...सभी को आदाब करते हुए उसने गाना शुरू किया—"ले गयी दिल गुड़िया जापान की पागल मुझे कर दिया।" मनीष के लिए यह पहला अवसर था, जब उसने कोठे पर किसी लड़की को नाचते देखा था। वहीं उसने यह सीख लिया था कि कोठे पर नाचने वाली लड़की को पैसे किस तरह से दिये जाते हैं।

यह कौंध आते ही मनीष आश्वस्त हो जाता है कि उसके पास कोठे पर जाने का पर्याप्त अनुभव है और वह रूपसिंह से कह ही देता है—"यह कौन-सा नया अनुभव है।"

"अच्छा...!" रूपसिंह की अच्छा में लीलाभाव है। "वो करोगे" कहते हुए रूपसिंह अपनी आँखें मनीष पर गड़ा देता है। मनीष को फिर ग़ौर से देखता है।

"मेरे पास इतने पैसे नहीं हैं।" मनीष बहाना बनाता है।

"धीरे, धीरे बोलो...ऐसे लोगों को यहीं से नीचे उतार दिया जाता है...पैसे की चिन्ता मत करो, लड़की पसन्द कर लो...वो देखो तीन वहाँ...इनमें से पसन्द न हो तो और बुलवाता हूँ।"

मनीष के माथे पर पसीने की बूँदें छलछला आती हैं। साहस बटोरकर वह कह ही देता है—"नहीं... मैं सिर्फ गाना सुनूँगा।"

"कर लो बात...सुनो गाना...बैठो...मैं आता हूँ थोड़ी देर में।" और रूपसिंह छोटे कद की एक लड़की को बग़ल में दबाए एक कमरे के अन्दर चला जाता है।

मनीष जब घर लौट रहा था तो सोचता रहा कि क्या वाकई उसने कोई नया अनुभव अर्जित किया। क्या इससे उसके लेखन में कोई फर्क़ आने वाला है और फिर रूपसिंह...वह इतना पैसा उस पर खर्च क्यों कर रहा है। इसीलिए न कि उसकी किताबें खरीद ली जायें...चाहे जैसी भी क्यों न हो...पर वह ऐसा नहीं करेगा... उसकी किताब भी तो वह छापना चाहता है। ऐसा और तो किसी प्रकाशक ने उसके साथ नहीं किया। क्या वह सभी के साथ यही करता है। उत्तर हाँ में है तो वह सचमुच दोयम-तोयम दर्जे का प्रकाशक है और नहीं तो...तो...क्या ऐसा तो नहीं कि वह खुद भी दोयम दर्जे का ही लेखक है। 'एवरी राइटर गैट्स दि पब्लिशर, ही डिज़र्वस्' या फिर 'एवरी पब्लिशर गैटस दि राइटर ही डिज़वेस... ।' उसकी समझ में कुछ भी नहीं आ रहा था।

इस कहानी का अगला सीन मनीष के घर पर ही घटता है। शाम का समय। मनीष घर में ही है, कि कॉलबेल होती है। मनीष दरवाज़ा खोलता है—चौंक जाता है—"अरे महान जी, इधर...बिना बताए!"

"बस आपका फोन नम्बर लेना भूल गया था। आज मन किया आपसे मिलने का...चला आया... ।" मनीष रूपसिंह को बिठाता है—"निशि पानी देना।" निशि पानी लाती है। "यह मेरी पत्नी... और यह बताया था न अभिनय प्रकाशन, वही रूपसिंह महान।" नमस्ते, नमस्ते होती है—"क्या लेंगे" मनीष का प्रश्न। रूपसिंह आँख मारकर—"वो तो है मेरे पास... निकालूँ"

"मेरे घर पर हो, ले आते हैं।"

"एक ही बात है न", कहते हुए वह अपने ब्रीफकेस से अद्धा निकालता है। तीन-तीन पैग पीने के बाद—बातचीत में बड़ी आत्मयीता आ जाती है—आपसे तुम हो जाते हैं।

रूपसिंह बोल रहा है—"सोचा होगा तुमने, बिन-बुलाए, बिन-बताए...पर एक बात बोलूँ मनीस...क्या?"

मनीष कोई जवाब नहीं देता, रूपसिंह बोलता रहता है—"मुझे तुम अच्छे लगे यार, माँ-बाप तो चुन के नहीं मिलते, न भाई-बहन, पर दोस्त तो चुन के बनाए जा सकते हैं न...क्या...बस वही किया है मैंने...क्यों निसि!" निशि ने रूपसिंह को पहली बार देखा है, उसे समझ में नहीं आ रहा क्या जवाब दे...खामोश ही रहती है... ।

"खाना खाओगे, बनवाऊँ?"

"खाना...खाना...तो रोज़ खाते हैं...क्या...पर आज दिल बड़ा उदास है... ।"

"क्या हुआ...?"

"बस भाई है न मेरा...उसे कुछ बनाना चाहता हूँ...पर नहीं...भाई...सब बकवास...उसे चुन भी नहीं सकते...मेरी कोई बहन नहीं है।" बहुत भावुक होते हुए वह एकाएक निशि की ओर देखने लगा—''निसि! तू बनेगी मेरी बहन!''

मनीष और निशि दोनों इस हमले से अवाक् रह जाते हैं। समझ नहीं पा रहे कि इस भावुक-सी स्थिति में उसे क्या जवाब दें।

"मैं राजपूत हूँ निसि। बहन का मतलब जानता हूँ...धर्म का रिस्ता बहुत बड़ा होता है निसि...पत्नी को भी धर्म-पत्नी कहा जाता है हिन्दुओं में...कितना बड़ा रिस्ता है वह...क्या! और धर्म-बहन...बोल बनेगी मेरी बहन...!" कहते हुए वह सचमुच रोने लग जाता है—"मुझे तेरे चेहरे में बहन दिखती है...मेरे बच्चों की बुआ...घर में कोई धागा तो होगा...ला...।" निशि मनीष की ओर देखती है। मनीष सोचता है कि इस भावुक स्थिति को इस वक्त रूपसिंह की बात मानकर ही निभाया जा सकता है। वह निशि को संकेत दे देता है और इस तरह से रूपसिंह और निशि में धर्म भाई-बहन का रिश्ता कायम हो जाता है।

अब मनीष क्या करे। एक तरफ उसका लेखक है, जो प्रकाशित होकर विस्तार चाहता है। रूपसिंह ने उसकी ही नहीं, निशि की किताबें भी छापीं। एक तरफ उसका धर्म-रिश्ता है, जिसे रूपसिंह जगह-जगह बताते नहीं थकता। एक तरफ उसका शिक्षक है जो किताबों की खरीद में रिश्ते को नहीं आने देना चाहता। एक तरफ उसका उस प्रकाशक से जुड़ना है जो बाज़ार में एक दोयम दर्जे के प्रकाशक के रूप में ही ख्यात है। रूपसिंह के मुद्दे साफ हैं, वह जानता है कि कोई लेखक कितना ही बड़ा क्यों न हो, उसकी सीमाएँ हैं। वह रिश्ते का निर्वाह करता है, लेकिन बिज़नेस पर उसकी नज़र बराबर लगी रहती है, बल्कि मनीष मोहन से इस तरह रिश्ता गाँठकर उसे बिज़नेस और विश्वसनीयता दोनों मिलती है। निशि निर्द्वन्द्व भाव से सारी स्थिति को लेती है, जीती है। लगता है जैसे इन तीनों के बीच एक हित साधक सन्तुलन बना हुआ है।

रूपसिंह अब मनीष मोहन की ख़ातिरदारी वैसे ही करता है, जैसे कि एक आम भारतीय परिवार में एक साले द्वारा बहनोई की जाती है। इतना ही नहीं वह मनीष मोहन के मित्रों की ख़ातिरदारी में भी कोई कोर-कसर नहीं रखता। इसी प्रक्रिया में रूपसिंह का प्रकाशक प्रबल होता जाता है और मनीष का लेखक दबता चला जाता है। ऐसे में ही एक दिन महफिल जमी हुई थी। पीने के बाद रूपसिंह ही सबसे ज़्यादा बोलता। बात होते-होते लेखक की अस्मिता तक पहुँच गयी। रूपसिंह

कह रहा था—"लेखक, मनीस, लेखक क्या होता है...मैं हूँ जो बनाता हूँ लेखक, जिसे कहो, उसे लेखक बना दूँ!"

"मोहरे को बना सकते हो लेखक!" मनीष ने बात टालने के मूड से मज़ाक किया।

"एक महीने बाद...एक महीने बाद देखना, मोहरा भी लेखक होगा...यह है न तुम्हारा मित्र...कोई बात नहीं...हाँ इसे भी...जिसे कहो मैं लेखक बना सकता हूँ।"

ऐसी ही गर्वोक्ति मनीष ने एक बार एक पत्रिका के सम्पादक के मुँह से भी सुनी थी—"अरे जिसे दस बार छापो, वही हो जाता है लेखक।" और मनीष ने उस सम्पादक को कभी भी अपनी कोई रचना न भेजने का संकल्प मन ही मन ले लिया था, फिर आज वह चुप क्यों है!

क्यों? का धीरे-धीरे विस्तार होने लगा। उसे लगा कि यह 'क्यों' उसकी धमनियों में बहते रक्त के साथ बहने लगा। फिर! फिर भी वह खामोश क्यों है? बोलता क्यों नहीं? उसे अपने सामने चुनौती का बड़ा-सा पहाड़ खड़ा दिखने लगता है। कहीं वह भी दोयम दर्जे का लेखक तो नहीं। दोयम दर्जे का लेखक...दोयम दर्जे का प्रकाशक...यह भी एक जुगलबन्दी हो रही है। जुगलबन्दी से उभरता राग उसे बेसुरा-सा सुनाई देने लगता है...वह सामने गिलास में पड़ी शराब को रद्दी की टोकरी में उँडेलकर खिड़की से बाहर खुले आकाश की तरफ देखने लगता है।

एक और कुकुरमुत्ता

प्रियकान्त को आज आर्य समाज के प्रचारक के रूप में दीक्षित कर दिया गया था। प्रियकान्त को सुमुख या प्रियदर्शी भी कहा जा सकता था। दीक्षित होने वाले अन्य प्रचारकों की अपेक्षा प्रियकान्त की बुद्धि अधिक तर्कशील थी। वेदों एवं वेदांगों का अध्ययन करते हुए उसने यह भी स्थापित कर दिया था कि तर्कशील होने के साथ-साथ वह ज़बर्दस्त स्मरण शक्ति का मालिक भी था। उसे गुरुकुल से लेकर यहाँ तक यही सिखाया गया था कि वेद ही सभी ज्ञानों के स्रोत हैं। किसी से भी शास्त्रार्थ करते हुए अन्तिम साक्ष्य वेदों को ही मानना चाहिए। अन्य प्रचारकों की तरह से प्रियकान्त भी उन सभी गुणों का स्वामी था, जिनकी अपेक्षा आर्य समाज के एक प्रचारक से की जाती है। 'कृण्वंतो विश्वम् आर्यम्' उसका महामन्त्र था। उसे कहा गया था कि उसे भी स्वामी दयानंद एवं आर्य समाज का ऋण उसी तरह से चुकाना है, जिस तरह से स्वामी दयानंद ने अपने गुरु स्वामी विरजानंद का ऋण उतारा। लेकिन प्रियकान्त के व्यक्तित्व में कुछ अलग भी था। सुमुख तो वह था ही, संगीत का भी उसे अच्छा ज्ञान था। वह स्वयं न केवल भक्ति-गीत लिख लेता, उन्हें स्वर-बद्ध भी स्वयं ही करता था। अपने ही गीतों को स्वयं स्वर-बद्ध करके वह अपने सुमधुर कण्ठ से सुनाता। इससे उसे अलग पहचान मिली।

अलग पहचान बनाना प्रियकान्त की खूबी भी थी और कमज़ोरी भी। कतार में खड़े होकर बढ़ना उसे पसन्द नहीं था, लेकिन यहाँ तो वह कतार में ही था और उसे कतार से निकलकर आर्य समाज प्रचारकों के पिरामिड में सबसे ऊपर बैठना था। इसमें उसे देर नहीं लगी। कुछ ही दिनों में विभिन्न आर्य समाजों से उसकी माँग आने लगी।

प्रचार कार्य करते हुए उसकी नज़र हमेशा ऐसे लोगों पर रहती, जो जीवन में सफल लोग कहते जाते हैं। ऐसा ही एक मिला उसे नितिन। नितिन फिल्म-निर्माता था। फिल्मों के टेंशन भरे माहौल से भागकर वह जब-तब दिल्ली आ जाता। दिल्ली का ही तो वह था। उसके संस्कार भी आर्य समाज के ही थे। एक दिन साप्ताहिक

सत्संग के बाद वह स्वयं ही तो आया था प्रियकान्त के पास—'नमस्कार'।

नमस्कार का जवाब देते हुए प्रियकान्त की निगाहें नितिन में कुछ खोजने लगीं। नितिन का पहनावा, उसकी चाल-ढाल, बोल-चाल कुछ ऐसी थी, जो दूसरों को अपनी ओर आकर्षित करती।

"मेरा नाम नितिन है...नितिन कपूर।"

"कहीं आप फिल्म वाले नितिन कपूर...?"

"जी..."

"आइए, बैठिए न, यहाँ, इधर..." प्रियकान्त ने यह सब अव्यवस्थित तरीके से कहा।

"आप गाते बहुत अच्छा हैं।"

प्रियकान्त ने मुस्कराते हुए कहा—"लिखता भी खुद हूँ, धुनें भी खुद ही बनाता हूँ।"

"ऐसा..." स्वार्थ रहित समझे जाने वाले प्रचारक का स्वार्थ लोलुप चेहरा नितिन को दिखने लगा था।

शेष लोग प्रसाद लेकर जा चुके थे। अब बात अधिक इत्मीनान से हो सकती थी।

"नया क्या बना रहे हैं?" प्रियकान्त ने अपने स्वार्थ भरे चेहरे को दबाते हुए पूछा।

नितिन भी फिल्म वाला था। समझ गया स्साला एक्टिंग कर रहा है - "कुछ नहीं...एक फिल्म फ्लोर पर है...दूसरी जल्दी ही लांच कर रहा हूँ।"

"संगीत किसका है..." अब तो प्रियकान्त से रहा ही नहीं जा रहा था।

"अभी तय नहीं किया...पर शायद रंजन-राजन..."

रंजन-राजन की जोड़ी फिल्म-संगीत में हिट थी। इस बात की जानकारी प्रियकान्त को भी थी।

प्रियकान्त के चेहरे पर निराशा तैरने लगी।

नितिन को प्रचारक का मुलम्मा उतरता देख मज़ा आ रहा था। उसे लग रहा था कि प्रियकान्त में एक कॉम्प्लेक्स चरित्र छिपा हुआ है। चाहे तो वह किसी फिल्म में उसे एक मज़ाहिया चरित्र की भूमिका में उतार सकता है। पर उसे अभी तो भक्ति-संगीत की ही बात करनी थी, बोला—"ज़रूरत पड़ने पर आपको कहाँ ढूँढूँ?"

तब प्रियकान्त आर्य समाज के एक मन्दिर में ही रहता था। उसने वही पता देते हुए कहा "यहाँ, या फिर दीवान हाल के पते पर चिट्ठी डाल दें, मुझे मिल जायेगी।"

"ठीक है", कहते हुए नितिन के पते की पर्ची जेब में रखी और चल दिया।

उस समय प्रियकान्त का मुँह ऐसे खुला हुआ था जैसे किसी ने उसके मुँह में लॉलीपाप डालकर खींच लिया हो।

नितिन को शायद प्रियकान्त की ज़रूरत नहीं पड़ी, सो वह प्रियकान्त को जल्दी ही भूल गया था। जिन चीज़ों की व्यक्ति को ज़रूरत नहीं रहती, व्यक्ति अक्सर उन्हें भूल ही जाया करता है। प्रियकान्त जितने दिन वहाँ प्रवचन करता रहा, उसकी निगाहें नितिन को ही खोजती रहीं। उसने दो-एक जन से नितिन के बारे में जानना भी चाहा, लेकिन कोई भी उसकी मदद नहीं कर सका।

प्रियकान्त के प्रवचन चलते रहे, पर उसे अब सब ऊबाऊ लगने लगा था। वही तोते की तरह से रटे-रटाए मन्त्र पढ़ना, उनके वही अर्थ खोलना, वही दो-चार भजन, वही प्रसाद, वही दक्षिणा—कुछ भी तो बदल नहीं रहा था। विश्व तो आर्य क्या बनेगा, अपने-आप को आर्य मानने वाले लोगों की ही कथनी और करनी में बड़ा अन्तर था। एक ज़माना था जब आर्यसमाजी की गवाही को जज सच्चा मानते थे। आर्यसमाजी मतलब अपने आदर्शों पर मर मिटने वाला पर अब तो प्रवचन सुनने आने वाले लोग भी कम होने लगे थे।

रात-रात भर प्रियकान्त बेचैन रहता कि कैसे वह आगे बढ़े, कैसे उसके नाम का डंका बजे, कैसे समृद्धि उसके चरण चूमे। सोचते-सोचते उसे एक कौंध आयी। उसे याद आया, एक बार वह रेडियो स्टेशन गया था। गया क्या था एक दोस्त ही ले गया था उसे एक प्रोड्यूसर से मिलवाने। प्रमिला नाम था उसका। हाँ प्रमिला राही। उस मित्र ने प्रियकान्त का परिचय देते हुए कहा था—"मैडम! प्रियकान्त! मेरा दोस्त, बहुत ही प्रतिभाशाली है...गीत, कविता, भजन, नाटक, फीचर, वार्ता—कुछ भी लिखवा लीजिए, गाता भी अच्छा है...कुछ..." प्रमिला ने बातबीच में ही रोकते हुए कहा था—"प्रियकान्त जी! कुछ लिखिए हमारे लिए, ज़रा हट के...एकदम नया ...कुछ बिन्दास...यू नो...सब वही कर-कर के मैं भी बोर हो चुकी हूँ..." प्रियकान्त को : 'सब वही' का मतलब समझ में नहीं आया, ना ही उसे यह समझ में आया कि 'ज़रा हटके' कहकर मैडम क्या कहना चाहती हैं। पर वह पहली बार मिला था, अशिष्ट भी नहीं होना चाहता था। उसने अपने मित्र की ओर देखा और कहा—"जी, जी...देखता हूँ...कुछ ज़रा हटके" बातें और भी हुई थीं। प्रियकान्त ने रेडियो के लिए कुछ नाटक लिखे भी थे, वे प्रसारित भी हुए, लेकिन अभी भी 'ज़रा कुछ हटके' सामने नहीं आ रहा था तो खिन्न सा होकर प्रियकान्त ने रेडियो जाना छोड़ दिया. ..वही 'ज़रा हट के' वाला जुमला आज प्रियकान्त को बड़ा सार्थक लगने लगा था। उसने सोचा कि प्रचार में भी जब तक 'ज़रा हटके' कुछ नहीं करूँगा, तब तक

न तो उसे यश मिलने वाला है और ना ही समृद्धि।

अगले दिन से ही वह नियमित रूप से विभिन्न पुस्तकालयों में जाने लगा। कभी दिल्ली विश्वविद्यालय, कभी अमेरिकन सेन्टर तो कभी ब्रिटिश काउंसिल लाइब्रेरी। दिल्ली का कोई भी बड़ा पुस्तकालय उसने नहीं छोड़ा। देशी-विदेशी—खासतौर पर विदेशी पत्रिकाओं को खँगालता और उनमें से वही चीज़ें ढूँढता, जो कहीं न कहीं न, किसी न किसी रूप में या तो भारतीयता के साथ या फिर व्यक्ति के रोज़मर्रा जीवन के साथ फिट होती लगतीं।

दिल्ली में एक पाश इलाका मधुविहार। देश के विभाजन के वक़्त दिल्ली में आये विस्थापितों के लिए नयी-नयी कॉलोनियाँ बसना शुरू हुईं। उन्हीं कॉलोनियों में एक कॉलोनी थी मधुविहार। यह विस्थापित, जिन्हें अधिकतर लोग शरणार्थी कहते थे, अपने सरवाइवल के लिए संघर्ष कर रहे थे। मधुविहार भी इन्हीं विस्थापितों ने बसाया था। कुछ नौकरी करने लगे, कुछ अपना छोटा-मोटा काम, अधिकतर लोगों ने अपना खुद का काम-धन्धा ही जमाया। देखते ही देखते यह लोग सरसों के खेतों की तरह लहलहाने लगे। सुनसान, वीरान सा मधुविहार गहमागहमी का केन्द्र बन गया। सभी के काम-धन्धे फूलने-फलने लगे। उन्हीं लोगों में एक गुलशन भी था। उसने खूब धन कमाया और जमकर एय्याशी की। एक दिन मन उकता गया। सारा काम-धन्धा छोड़कर मधुविहार के ही बड़े पार्क में अकेला बैठकर पूजा-पाठ करने लगा। निपट अकेला, पार्क के एक कोने में बैठकर मानस पढ़ता रहता। धीरे-धीरे इक्का-दुक्का लोग भी उसके पास बैठने लगे। एक से दो, दो से चार, चार से आठ। सर्दी, गर्मी, बरसात—चाहे कुछ भी हो, गुलशन सुबह-सवेरे पार्क में मानस का पाठ करते मिलता। उससे लोग जुड़ने लगे। उस जुड़ाव को सत्संग कहा जाने लगा। यह क्रम साल-दर-साल चलता रहा। सभी या तो वृद्ध या फिर अधेड़। तभी एक युवक भी उनसे आ जुड़ा। उसका नाम शेखर था।

शेखर के पिता भी विभाजन के समय ही दिल्ली आ बसे थे। अपने कठोर संघर्ष से उन्होंने अपना काराबोर बढ़ाया। बच्चे हुए, बड़े हुए, उन्होंने उनकी शादियाँ कीं और काम-धन्धा तीनों बेटों को सौंप राम-भजन करने लगे। उन तीनों में बीच का बेटा था शेखर। शेष दो बेटों ने काम-धन्धा आगे बढ़ाया, लेकिन शेखर ने चौपट किया। उसे लगा कि मधु पार्क में सत्संग करते बुजुर्गों का साथ पाकर उसका काम-धन्धा शायद फिर चल निकले। शेखर ने यूँ तो दुनिया देखी थी। देश-विदेश कहाँ-कहाँ वह घूमा नहीं था, कहाँ-कहाँ उसने अपनी कम्पनी का प्रोडक्ट पहुँचा नहीं दिया था, लेकिन अपने दूसरे दोनों भाइयों के गठबन्धन के सामने उसके पाँवों

के नीचे की ज़मीन खिसकने लगी थी। उसे लगता कि उसके भाइयों ने उसके साथ बेईमानी की है। उसने पिता से मदद माँगी, लेकिन पिता पहले तटस्थ, फिर उदासीन हो गये। शेखर को लगता कि पिता की इस उदासीनता के पीछे उसकी सौतेली माँ का ही हाथ है। सही या ग़लत, जो भी हो, शेखर अपनी सोच को सही ही समझता था। उसे रिश्तों-नातों से वितृष्णा हो गयी थी। एक वैराग्य सा घर कर गया था उसके मन में—वह घर से भागकर हरिद्वार गया, बनारस भी, पर उसे कहीं भी चैन नहीं मिला। भागता, लौटता, फिर भागता, फिर लौटता—बस यूँ ही चल रही थी ज़िन्दगी और यूँ वह एक बार फिर चैन की खोज में मधु-पार्क की सत्संग मण्डली के साथ आ जुड़ा। उसी ने एक दिन सुझाव दिया—"हम रोज़ मिलते हैं, सत्संग करते हैं, क्यों न इसे एक मंच की शक्ल दी जाये" सभी को उसका सुझाव अच्छा लगा। हिन्दुस्तान में धार्मिक काम के लिए अधिकतर लोग बिना सोचे-समझे 'हाँ' कर देते हैं। मधु विहार के मधु पार्क में इस तरह से 'गुलशन सत्संग सभा' का जन्म हुआ। और लोग भी जुटने लगे। गुलशन का मानस-पाठ चलता रहा, पर यह कितने दिन चलता। धर्म हो, अध्यात्म हो या मनोरंजन, एक ही सिक्का बहुत दिन नहीं चलता। हर आदमी कुछ नया माँगता है। इधर तो कुछ नया करने की इच्छा बलवती हो रही थी और उधर एक चिन्तनशील चिन्तन ने कोर्ट में मुकदमा दायर कर दिया। चिन्तन पेशे से पत्रकार था। उसका मानना था कि धर्म एक नितान्त व्यक्तिगत मामला है और इसे अगर सामूहिक रूप देना ही है तो उसके लिए मन्दिर बने हुए हैं, पार्कों का इस्तेमाल इस काम के लिए क्यों? फिर कल सिख, मुसलमान और ईसाई भी अपने-अपने धार्मिक कृत्य उसी पार्क में करने लगें तो पार्क की हालत क्या होगी? पार्क घूमने-फिरने के लिए हैं, धार्मिक समागमों के लिए नहीं। दरअसल गुलशन सत्संग सभा में आने वाले तमाम लोग हिन्दू ही थे। उनमें अधिकतर सनातनधर्मी, दो-चार आर्य-समाजी, दो-चार सिख ही नज़र आते थे। मुस्लिम या ईसाई तो शायद पूरे मधु विहार में गिने-चुने ही थे। इसलिए गुलशन सत्संग सभा के सत्संगियों को ऐसा कोई ख़तरा लगता नहीं था, फिर इधर जो 'हिन्दुत्व' की लहर उठी थी, उससे उनके हौसले वैसे भी बहुत बढ़े हुए थे और उनका मानना था कि ऐसा कोई भी और समुदाय करेगा जो उससे निपट लेंगे। चिन्तन की पीड़ा नितान्त निजी भी थी। वह रात देर तक काम करता। सुबह देर तक सोने की उसकी ज़रूरत थी और आदत भी। उसे लगता कि सत्संग सभा में बजते लाउडस्पीकर उसकी नींद ख़राब करते हैं, उसकी व्यक्तिगत स्वतन्त्रता के मौलिक अधिकार का हनन करते हैं, इसलिए इस सत्संग सभा का बन्द होना ज़रूरी था। वे तो अपने धार्मिक कार्य के लिए मन्दिरों में जा सकते हैं, लेकिन

चिन्तन सोने के लिए कहाँ जाये? सत्संगियों का मानना था कि अपने धर्म को मानना, उसका प्रचार-प्रसार करना, उसके सार्वजनिक अनुष्ठान करना उनका भी मौलिक अधिकार है। फिर वे बहुमत में थे ही। हाँ, दूसरे धर्मों के अनुयायियों के दखल देने या वैसा ही समागम पार्क में करना सम्भव हो सकता था। सो उन्होंने सिखों से कहा कि वे भी इसी सभा में आकर 'जपुजी साहब' का पाठ करें। आर्य समाजियों से कहा कि महीने में दो-बार वे भी अपनी विधि से यहाँ हवन करें। तो इस तरह वहाँ 'सर्व हिन्दू समभाव' प्रकट हुआ। चिन्तन को कोर्ट से स्टे मिला। कुछ दिनों के लिए सत्संग होना रुका, लेकिन अचानक फिर शुरू भी हो गया। पर्दे के पीछे के हिन्दुत्ववादी दबावों के सामने चिन्तन को समझौता करना पड़ा और सत्संग में लाउडस्पीकर का इस्तेमाल पहले तो बन्द हो गया। कुछ दिनों बाद धीरे से बजा, फिर वही ढाक के तीन पात। चिन्तन ने अपना बोरिया-बिस्तर समेटा और किसी दूसरी कॉलोनी को अपना ठिकाना बनाया। यह तो हिन्दुत्ववादियों की बड़ी जीत थी। गुलशन सत्संग सभा भी फूलने-फलने लगा। महीने में दो बार आर्य समाज की ओर से हवन और फिर प्रवचन होता। प्रवचन देने के लिए ही एक दिन वहाँ प्रियकान्त को बुलाया गया। प्रियकान्त ने अपने मधुर कण्ठ से निकले भजनों और अपने प्रवचन से लोगों को अभिभूत कर दिया। भक्तजनों में शेखर भी मौजूद था। प्रियकान्त को सुनने के बाद उसकी व्यावसायिक बुद्धि जाग उठी। सत्संग खत्म होने के बाद वह प्रियकान्त के पास गया, उसे प्रणाम किया। अपना परिचय दिया और अपने घर चलने का आग्रह किया। प्रियकान्त ने 'फिर कभी' कहकर टाल दिया।

शेखर ने सभा के अघोषित प्रधान गुलशन से कहा "बाऊजी प्रियकान्त ने प्रवचन कमाल का दिया है, उन्हें फिर बुलाना चाहिए" साथ खड़े दो-तीन लोगों ने भी शेखर की इस बात का समर्थन किया। अगली बार के हवन के कार्यक्रम में फिर प्रियकान्त को ही बुलवाया गया। प्रियकान्त ने प्रवचन देने की अपनी रैस्पी तैयार कर ली थी। पौराणिक आख्यानों एवं चरित्रों को वह इस तरह पेश करता कि वे आम आदमी के जीवन से जुड़ सकें। अध्यात्म तो दूसरे भी कई धर्माचार्य एवं साधु-सन्त बेच रहे थे, लेकिन अध्यात्म को व्यावहारिक रूप देने का काम प्रियकान्त ने किया। तीन-चार प्रवचनों के बाद ही लोग अपनी-अपनी समस्याएँ लेकर उसके पास आने लगे। वह वैसे भी लोगों को उकसाता कि वे कुछ पूछें। बड़ी-बड़ी विदेशी पत्रिकाओं एवं लेखकों के हवाले देकर भारतीयता और अपनी बात का समर्थन करता। हिन्दुओं के विभिन्न मत-मतान्तरों के विरोधी स्वरूप की वह बात नहीं करता, केवल वही बिन्दु ढूँढता, जहाँ सुख है, समरसता है यानी वह सुखी जीवन के सपने देता।

कोरे अध्यात्म की अपेक्षा इहलोक में ही सुखी जीवन जीने के सपने के खरीददार बहुत थे। शेखर भी उन्हीं में से एक था। शेखर में प्रियकान्त को एक प्रबल समर्थक दिखने लगा था। दो बार टालने के बाद तीसरी बार जब शेखर ने प्रियकान्त से घर चलने का आग्रह किया तो वह टाल नहीं सका। सम्भवतः वह आगे की कार्रवाई को और टालना नहीं चाहता था।

शेखर का काम-धन्धा भले ही अच्छा न चल रहा हो, पर अचल सम्पत्ति उसके पास बहुत थी। अपने घर में प्रियकान्त के प्रवेश करते ही शेखर ने सबसे पहले उसके पाँव धोए, पत्नी और बच्चों से मिलवाया। खूब सेवा की और कहा—''गुरुजी! यह सब मैं आपके चरणों में अर्पित करता हूँ'' प्रियकान्त मुस्करा भर दिया। उसे किसी ने गुरुजी तो पहली बार कहा था, उसने कहा—''शेखर! गुरुजी के लिए संस्कृत में एक शब्द है आचार्य...क्या कहूँ...हम लोग अपनी संस्कृति भूल सी गये हैं...सर, श्रीमन्, गुरुजी...नहीं...नहीं...जो बात आचार्य में है, वह और किसी शब्द में कहाँ?

''ठीक है आचार्य जी! सभी यही कहेंगे...पर आप यह सब तो लीजिए और विश्व कल्याण में लगा दीजिए।''

''यह तुम्हारा घर है शेखर! आगे से कभी भी ऐसी बात मत करना।''

साथ बैठी शेखर की पत्नी थोड़ी भौंचक्क तो थी, लेकिन किसी और के सामने अपने पति को डाँटना उसे अच्छा नहीं लगा, सो खामोश रही। बच्चों को न आचार्य में रुचि थी न किसी प्रवचन में, वे तो प्रियकान्त से नमस्ते करने के बाद ही घर से बाहर हो गये थे।

उस रोज़ प्रियकान्त सारा दिन शेखर के घर रहा। सारा दिन उन दोनों के बीच खूब बातें हुईं। उनकी गहरी छनने लगी। दोनों के बीच जो कुछ धुँधला-धुँधला सा तय हुआ, वह धीरे-धीरे कार्यरूप लेने लगा।

गुलशन सत्संग सभा की अन्दरूनी मण्डली में शेखर ने प्रस्ताव रखते हुए कहा—''आचार्य प्रियकान्त के प्रवचनों से लोगों को बड़ा लाभ हुआ है। मेरा प्रपोज़ल है कि उन्हें एक सप्ताह के लिए लगातार प्रवचन देने के लिए कहा जाये ''प्रियकान्त से और लोग भी प्रभावित थे, गुलशन को भी प्रियकान्त अच्छा लगता था, लेकिन वह अधिक से अधिक सन्तों को बुलाना चाहते थे। फिर यह सोचकर कि एक-एक सप्ताह लगातार प्रवचन करवाने का लाभ अधिक होगा, उसने सिर हिलाकर 'हाँ' कह दिया।

मधुविहार में ही शेखर का एक पुराना दोस्त रहता था नीहार। नीहार एक कॉलिज में अंग्रेज़ी पढ़ाता था, पर उसे संस्कृत, हिन्दी, उर्दू साहित्य का भी भरपूर ज्ञान था। शेखर यूँ तो नीहार से कम ही मिलता था, लेकिन आज वह एक इश्तिहार

बनवाकर लाया था। इश्तिहार में लिखा था 'गुलशन सत्संग सभा के इतिहास में पहली बार सात दिनों की अमृतवर्षा।' 'सात दिनों की अमृत वर्षा' शब्द मोटे अक्षरों में थे। आचार्य प्रियकान्त एम.ए. को सुनिए और जीवन सफल बनाइए।

शेखर ने इश्तिहार का मैटर नीहार के सामने रखते हुए कहा—"देख यार! ठीक है न!"

"हाँ, हाँ, ठीक है", नीहार ने टालने की मुद्रा में कहा।

"बिना पढ़े, ठीक है...देख तो सही..."

नीहार को थोड़ी खीझ आ गयी। उसने इश्तिहार के मैटर वाले काग़ज़ को हाथ में पकड़ते हुए कहा—"एम.ए. क्या है?"

"आचार्य जी की डिग्री।"

"कोई मतलब भी है यहाँ डिग्री लगाने का...एम.ए. काट दो, बाकी ठीक है।" नीहार को लगा था कि प्रियकान्त मानसिक रूप से बहुत विकसित नहीं है, इसलिए नाम के साथ डिग्री लगाकर अपने महत्त्व को स्थापित करना चाहता है।

"और कुछ...एम.ए. हटा दिया...अगले हफ़्ते शुरू हो रहा है, एक बार सुन तू भी..."

"मैंने पार्क में घूमते हुए उसे एक दिन सुना था...चलते-चलते जो दो-चार बातें मेरे कानों में पड़ी थीं। उससे लगता कि वह और उपदेशकों से बेहतर है..."

"तो आ न!"

"बेहतर है आम जन के लिए...मुझे अपनी राह ढूँढने के लिए उसके पास जाने की ज़रूरत नहीं है...पर तेरा क्या स्वार्थ है?" नीहार ने शेखर पर सीधी चोट की।

शेखर ने सकपकाया, न तिलमिलाया—"आचार्य को आगे बढ़ाना है...मुसलमानों और ईसाइयों ने इस देश को बर्बाद कर दिया है...आजकल क्रिश्चियनटि फैल रही है...रोकना है इसे।"

"क्रिश्चियनटि फैल रही है, इस्लाम फैल रहा है, बौद्ध फैल रहे हैं तो इसके लिए हिन्दू खुद ही ज़िम्मेदार हैं।"

"हिन्दू धर्म से अच्छा कोई धर्म नहीं।"

"तभी आज भी अछूतों और दलितों को ज़िन्दा जला देते हो, जो कन्वर्ट हो गया, सो हो गया...उन्हें अपने समाज में लौटने का मौका नहीं देते हो।"

"शुद्धिकरण होता है न", शेखर ने टोका।

"सिर्फ़ आर्य समाज में...बस...वो भी कितना...उन्हें समाज में स्वीकृति कितनी

मिलती है...हिन्दू धर्म का डंका बजाना छोड़ो, करना ही है तो हिन्दुओं के मन को बदलने का काम करो।''

''बात तो तेरी ठीक है...आचार्य जी से मिलो न, उन्हें भी बताओ।''

''किसलिए, किसलिए मिलूँ उससे...यह प्रवचन-पाठ उसका मिशन नहीं, व्यवसाय है...यह सब धर्माचार्य धर्म के सौदागार हैं...और तुम हो उनके पिछलग्गू...बेकार...अपना काम-धन्धा करो, नाम कमाओ, धन कमाओ—समझ में आता है ...शिक्षा बाँटो—उससे कमाओ, यह भी समझ में आता है, पर धर्म का धन्धा अपनी समझ में नहीं आता।''

थोड़ी देर तक उन दोनों के बीच चुप्पी फैल रही। चुप्पी जब आतंकित सा करने लगी तो शेखर ही बोला—''चलता हूँ'', कहकर झट से उठा और चला गया।

अगले दिन वह फिर लौटा। उसके हाथ में छपा हुआ वही इश्तिहार था ''लो...''

हाथ में लेकर पढ़ते हुए नीहार ने कहा—''ठीक है''

''नीचे चलोगे?'' शेखर ने पूछा।

''क्यों?''

''आचार्य जी गाड़ी में बैठे हैं...तुमसे मिलना चाहते हैं।''

''मुझसे बिना पूछे तुम उसे यहाँ क्यों ले आये'' नीहार ने डाँटा।

''मिल तो ले यार। तेरे से कुछ माँग थोड़े ही रहे हैं।'' नीहार अशिष्ट नहीं होना चाहता था, शायद हो ही नहीं सकता था, कहा—''अपने आचार्य को ऊपर ले आओ'' शेखर भी यही चाहता था। ऊपर लाकर शेखर ने नीहार को प्रियकान्त से औपचारिक परिचय करवाया।

''आपका यह दोस्त आपकी बड़ी तारीफ करता है...''प्रियकान्त ने नीहार से कहा।

''पुरानी दोस्ती है न!...क्या लेंगे।''

''आपकी इजाज़त हो तो आपका थोड़ा सा वक़्त ले लूँ?'' नीहार प्रियकान्त की इस शिष्टता के सामने ना नहीं कर सका।

''आपके क्रान्तिकारी विचार मुझ तक पहुँचे हैं...शेखर ने बताया। मेरा मन हुआ आप से मिलूँ...नीहार साहब! जैसा आप सोचते हैं, मैं भी वैसा ही सोचता हूँ, लेकिन समाज में कुछ बदलना है तो सिर्फ सोचकर नहीं बदला जा सकता।''

''जानता हूँ...पर हर बदलाव की पहली शुरुआत सोच से ही होती है।''

''बस वहीं शुरू, वहीं खत्म।''

''नहीं, आगे भी चलती है वह, शब्दों में, चित्रों में, कलाओं में...''

''कितने लोगों तक पहुँचती हैं वे सब।''

''उन तक तो पहुँचती ही हैं जो समाज में बदलाव ला सकते हैं...''

"बहुत माइक्रोस्कोपिक बदलाव होता है वो, दो-चार परिवार बदलते हैं बस ...बदलाव लाने के लिए कुछ करना ज़रूरी है, सिर्फ़ विचार से काम नहीं चलता, कई बार विचार को शक्ल देने के लिए हथियार भी उठाना पड़ता है, राजनीति में उतरना पड़ता है...आप तो खुद चिन्तक हैं, सोचिए कि अगर लेनिन न होते तो क्या मार्क्स के विचारों के अनुरूप समाज बनता...वाशिंगटन न होते तो क्या दस-प्रथा खत्म होती...

"हाँ, लेकिन सन्त, कवि न होते तो हिन्दू-समाज में जाति के बन्धन ढीले न होते", नीहार ने कहा।

"आप तो मेरे मन की बात कर रहे हैं...यानी वे अपने विचारों को लेकर लोगों तक पहुँचे...उन्होंने धर्म का, अध्यात्म का रास्ता चुना, लेनिन ने हथियार उठाया...परिवर्तन तो हुआ न!"

"लेनिन के हथियार उठाने से पूरी समाज-व्यवस्था बदल गयी, लेकिन सन्तों की वाणी से ऐसा कुछ नहीं हुआ।"

"हर व्यक्ति की भूमिका अलग है नीहार जी...अब देखिए शेखर ने मुझे आकर बताया कि आपने मेरे नाम के साथ एम.ए. शब्द पर एतराज़ किया...मुझे समझने और खुद को बदलने में ज़रा सा भी वक़्त नहीं लगा...देखा ही होगा आपने इश्तिहार ...उसमें मैंने एम.ए. शब्द हटा दिया है।"

"बड़ा फूहड़ लगता था", नीहार ने कहा।

"जो भी हो...मैं बदला न! मेरा निवेदन सिर्फ़ इतना है कि आप जैसे बुद्धिजीवी इस चारदीवारी में बैठकर ही न सोचते रहें, अपनी सोच को लोगों तक पहुँचाएँ भी..."

"आप हैं न!!" नीहार ने चुटकी ली।

प्रियकान्त भी पीठ के बल गिरने वाला पहलवान नहीं था, बोला—"मेरे पास अपनी सोच है, बहुत सी बातें आपकी सोच से मिलती हैं, सम्भव है बहुत सी बातें न भी मिलें..."

"आपकी राह अलग है, मेरी अलग..." नीहार ने कहा।

"फिर भी हम मिलकर चल सकते हैं...समानान्तर राहों पर भी..."

शेखर उन दोनों की बातों का मूक श्रोता बन हुआ था। बहुत सी बातें उसकी समझ में नहीं आ रही थीं, फिर भी उसके मुख पर फैला स्मित शेखर को बता रहा था कि प्रियकान्त के साथ जुड़कर उसने कोई ग़लत राह नहीं पकड़ी।

प्रियकान्त और नीहार के बीच दो घण्टे तक चर्चा होती रही। धर्म, राजनीति, अध्यात्म, कला, साहित्य, व्यवस्था, वैज्ञानिक सोच, आधुनिकता, भारतीयता—यानी

हर विषय पर प्रियकान्त ने नीहार को लगभग चित्त कर दिया तो प्रियकान्त ने ही कहा—''दो दिन बाद समागम शुरू होगा, समय मिले तो आइए...वहाँ मेरी भाषा अलग होगी...वहाँ मुझे आम-जन तक पहुँचना है, सभी इतना नहीं पढ़े, जितना कि आप...''

''आपके क्लाएन्ट भी वही लोग हैं।''

''जो भी मानिए, क्लाएन्ट, भक्तजन, अनुगामी या जो भी...चलूँ...नमस्कार'', कहकर प्रियकान्त सीढ़ियाँ उतर गया।

शेखर प्रियकान्त को अपनी गाड़ी में बिठाकर उसके घर छोड़ने जा रहा था, तभी उसका मोबाइल बजा, देखा नीहार था।

''हलो, कुछ छूट गया क्या'', शेखर ने पूछा।

''नहीं, तुम लोग गये तो एक बात और ध्यान में आयी''

''क्या?''

''तुम्हारे आचार्य जी तुम्हारे साथ ही हैं न।''

''हाँ, मैं ड्राइव कर रहा हूँ, उन्हीं से बात कर'', कहकर उसने मोबाइल प्रियकान्त के हाथ में दे दिया।

''जी, फरमाएँ'', प्रियकान्त के स्वर में अतिरिक्त कोमलता थी।

''मैं कह रहा था कि अगर अपना नाम भी बदल लें।''

''नाम बदल लूँ? क्यों?'' प्रियकान्त नीहार की बात सुनकर थोड़ा हैरान था।

''हाँ, यह प्रियकान्त लगता है जैसे किसी फिल्मी एक्टर का नाम हो।''

''जो भी हो, नाम तो नाम है, अपने नाम से बड़ा मोह होता है नीहार साहब, यही बात मैं आपसे कहूँ, तो?''

''ज़रूरत हो तो बदल लूँगा... बस मेरे दिमाग में एक फ्लैश आयी तो सोचा कह दूँ पर आप तो बिना जाने ही नाम-मोह में फँस गये...आपको ही मोह से मुक्ति नहीं तो आम जन मोह-पाश से कैसे छूटेगा'' चोट सीधी गर्म लोहे पर पड़ी थी।

''अच्छा बताइए।''

''मुझे लगता है कि आप अपना नाम प्रियांशु कर लें...आचार्य प्रियांशु...छोटा ...सुन्दर, कुछ अलग...कैसा रहेगा।''

''प्रियांशु!''

तभी पास बैठे शेखर की उत्सुकता जगी—''क्या बात है आचार्य जी।''

''तुम्हारे मित्र कह रहे हैं कि मैं अपना नाम प्रियांशु कर लूँ...ज़्यादा अच्छा रहेगा।''

''न्यूमरलॉजी की इसे अच्छी समझ है'', शेखर ने कहा। वैसे ही प्रियकान्त ने पूछ लिया—''न्यूमरलॉजी की बात है क्या?''

''वही समझ लीजिए'' नीहार ने हालाँकि ऐसी कोई गणना नहीं की थी, पर कह दिया, क्यों कह दिया, इसकी कोई वजह उसे समझ में नहीं आ रही थी।

''ठीक है, सोचता हूँ'', कहकर प्रियकान्त ने फोन काट दिया।

''तुम्हारी क्या राय है शेखर'' प्रियकान्त को नाम तो अच्छा लगा था, लेकिन वह शायद शेखर से समर्थन माँग रहा था।

''मुझे अच्छा लगा आचार्य जी, यह नीहार है बड़ा इंटेलिजेन्ट, आचार्य प्रियांशु, सुनने में ज़्यादा अच्छा लगता है न।''

''पर लोग तो मुझे प्रियकान्त के नाम से ही जानते हैं?''

''अभी तो शुरुआत है आचार्य जी...''

''और यह इश्तिहार?''

''नये छपवा लेते हैं।''

वहाँ से वे सीधे प्रेस पर गये। और आचार्य प्रियकान्त बदलकर आचार्य प्रियांशु छपकर बाहर आ गये।

यह एक नये धर्माचार्य का जन्म था।

आम जन तक नया नाम पूरी नाटकीयता के साथ पहुँचाया गया। आचार्य प्रियांशु का डंका बजने लगा।

समागम के पहले ही दिन प्रवचन के बाद शेखर ने आचार्य प्रियांशु को अपने कन्धों पर उठा लिया। अपनी गाड़ी तक ले गया। कुछ लोग हँसे, लेकिन अधिकतर लोगों पर इसका सकारात्मक प्रभाव ही पड़ा। अगले दिन से शेखर आचार्य जी को दण्डवत साष्टांग करने के बाद ही प्रवचन सुनने बैठता।

अधिकतर लोग देखा-देखी ही काम करते हैं। शेखर को इतनी श्रद्धा उँडेलते देख और लोग भी प्रणाम करने लगे। प्रियकान्त किसी को अपने पाँव नहीं छूने देता था। लोगों को समझाता—''सम्मान मन में होता है, उसके प्रदर्शन के और तरीके भी हैं, मेरे पाँव मत छूइए।'' वह जितना रोकता, पाँव छू लेने वालों की संख्या उतनी ही बढ़ती जाती। समागम में अधिकतर लोग मूर्ति-पूजक थे। पहले तो प्रियकान्त को उनकी मूर्ति-पूजा अटपटी लगी। वह मूर्ति-पूजा का मखौल उड़ाकर उनकी भावनाओं को ठेस नहीं पहुँचाना चाहता था। वह जानता था कि ऐसा करने से वहाँ मौजूद भक्त-जनों को ठेस लग सकती है बल्कि उसे डर था कि ऐसा-वैसा कुछ बोलने से उसके भक्तों की बढ़ती तादाद रुक सकती है, कम भी हो सकती है। उसने लोगों की नब्ज़ पकड़ ली थी। लोग अपनी समस्याओं का तुरन्त कोई निदान चाहते

थे। प्रियकान्त ने समझ लिया था कि उन्हें उनकी समस्याओं का कोई 'तुरन्त हल' भी देना था और एक सुखद भविष्य का सपना भी। उसे उनका परलोक तो सँवारना ही था, इहलोक में भी सुख की राह दिखानी थी। उसे सचमुच 'ज़रा हट के' कुछ करना था। उसने वही किया। सबसे पहले उसने 'कृण्वंतो विश्वम् आर्यम्' के मूल मन्त्र के अर्थ का विस्तार किया। फिर उसे छोड़ दिया। वह यज्ञ करता, साथ ही राम, कृष्ण और शिव की मूर्तियों के आगे भी नमन करता। वह अपने को तुलसी से आगे का सन्त मानता। वह निर्गुण में सगुण और सगुण में निर्गुण को वैसे ही ब्लैंड करने लगा, जैसे माल्ट में स्कॉच ब्लैंड की जाती है।

आर्य समाज की केन्द्रीय सभा को जब यह सब सूचनाएँ मिलीं तो उन्होंने प्रियकान्त को तलब किया। प्रियकान्त इसके लिए पहले से ही तैयार था। उसने अपना इस्तीफा डाक से भेज दिया, अब वह बिल्कुल मुक्त था।

आचार्य प्रियांशु धीरे-धीरे आदरणीय फिर श्रद्धेय, पूज्य और फिर परम पूज्य हो गये। शेखर को इसी दिन का इन्तज़ार था।

समागम के अन्तिम दिन शेखर ने अपनी ओर से आचार्य प्रियांशु को दक्षिणा स्वरूप एक लाख रुपये का चैक दिया। मधुविहार अब समृद्ध लोगों की कॉलोनी थी। आचार्य प्रियांशु के भक्तों की संख्या भी बढ़ी थी। शेखर के एक लाख के चैक ने औरों को भी उकसाया एक लाख तो नहीं, लेकिन इक्यावन हज़ार, ग्यारह हज़ार, पाँच हज़ार के कई चढ़ावे चढ़े। समागम में सैंकड़ों की संख्या में लोग थे। कुल मिलकर चार लाख के करीब धन इकट्ठा हुआ। उस दिन फिर शेखर ही आचार्य को अपने कन्धों पर बिठाकर अपनी गाड़ी तक ले गया।

घर लौटते हुए प्रियकान्त ने पहले से तय योजना के अनुसार एक लाख का चैक शेखर को लौटाते हुए पूछा—"ठीक रहा न!"

"सुपर्ब अब आगे...?"

"नीहार आया?"

"एक दिन भी नहीं।"

"वह अब क्या कहता है?"

"कहता है आचार्य प्रियांशु फ्राड है।"

प्रियकान्त के चेहरे पर हल्का सा स्मित फैल गया, बोला—"पर मैंने तो उसके सुझाव पर अपना नाम तक बदल दिया।"

"चलें उसके पास?"

"अब छोड़ो...तुम्हारा यह एक लाख छोड़कर लगभग तीन लाख मिले हैं न!... इसके साथ एक बड़ा समागम करो...भक्तों से और दान मिल ही जायेगा...पर उससे

पहले एक अपना फोरम ज़रूरी है।''

फिर बना विश्व जागृति मिशन। मकसद था जन-कल्याण, धर्मान्तरण को रोकना और छुआछूत रहित हिन्दू समाज की स्थापना करना। इसके लिए जो द्वन्द-फन्द करने पड़े, वे सब प्रियकान्त ने किए। प्रियकान्त गरीबों की बस्ती में भी यदा-कदा हो आता, पर जब उन्होंने अपनी ही बस्ती में समागम आयोजित करने का प्रस्ताव रखा तो वह समय का बहना बनाकर टाल गया। वहाँ से उसे क्या मिलने वाला था। उनसे कहा—''बड़ा समागम हो रहा है, वहीं आइए'' भीड़ जुटना बहुत ज़रूरी था। भीड़ जुटी, खूब जुटी। प्रेस के लोग भी पहुँचे। यश, प्रचार, धन—सब मिला। विश्व जागृति मिशन मंच की विधिवत् घोषणा की गयी। उसके लिए एक आश्रम बनाने की घोषणा भी हुई, तो आनन-फानन में बीस लाख रुपया इकट्ठा हो गया।

प्रियकान्त उर्फ आचार्य प्रियांशु महाराज को भी इतनी सफलता की उम्मीद नहीं थी। शेखर को लग रहा था कि प्रियकान्त की इस सफलता के पीछे उसी का हाथ है। न वह उसे इतना मान-सम्मान देता, न यह सब इतनी जल्दी हो जाता। शेखर को लग रहा था, उसके दिन भी फिर गये हैं। इतने चढ़ावे में से कुछ हिस्सा उसे भी मिलेगा, नहीं तो वह आश्रम बनवाते हुए अपना कमीशन रखकर ही काम करवाएगा।

प्रियकान्त के इर्द-गिर्द अब बड़े सरकारी ओहदों पर काम करने वाले जुट गये थे। सभी कहीं न कहीं, किसी न किसी बात से जीवन में दुःखी थे। उन सभी को सुख की खोज थी। उन्हें लगता था कि वे आचार्य प्रियांशु की पूँछ पकड़कर वे वैतरणी पार कर सकते हैं।

विश्व जागृति मिशन की कार्य समिति बनी। प्रियकान्त के संकेत पर ही शेखर को नहीं बुलाया गया। शेखर तो मानकर बैठा था कि मिशन की कार्य समिति जब भी बनेगी, महासचिव का पद उसे ही मिलेगा, लेकिन वह पद मिला किसी प्रकाश द्विवेदी को। शेखर को पता चला, वह बुरी तरह से बिफर गया—''आचार्य जी, यह क्या...मुझे बुलाया तक नहीं।''

''यह सब इन लोगों ने ही किया है, मैंने कहा भी...पर अब मैं तो जनता की सम्पत्ति हूँ, जो चाहें, सो करें, पर तुम चिन्ता मत करो, मैं इनसे बात करूँगा'' प्रियकान्त ने शेखर के ताज़ा-ताज़ा घावों पर मरहम लगाते हुए कहा।

शेखर को आशा की हल्की सी किरण दिखाई दी, सो उसने कोई हंगामा नहीं किया, पर जब वह अगली बार प्रियकान्त से मिलने गया तो उसे एक घन्टा इन्तज़ार करना पड़ा। शेखर किसी को कहता भी तो क्या कहता कि वो एक लाख रुपए का चैक मैंने वापिस ले लिया था कि हम दोनों के बीच पहले से ही साँठ-गाँठ

थी और प्रियकान्त ने उसे धोखा दिया है, फिर अब प्रियकान्त के इर्द-गिर्द जो दो-तीन पहलवान रहते थे, उनसे वह मुकाबला कैसे करेगा?

कुछ दिन बाद परेशान शेखर नीहार के पास आया। चाय पीते हुए नीहार ने ही पूछा—"क्या हाल है तुम्हारे प्रियांशु के...आजकल तो खूब चर्चा हो रही है उसकी।"

शेखर भरा बैठा था। फट पड़ा। मोटी-मोटी दो-तीन गालियाँ निकालते हुए बोला—"तुमने ठीक ही कहा था, फ्राड है वो...क्या बताऊँ...मुझसे अब वो मिलना ही नहीं चाहता, पहलवानों और हसीनाओं से घिरा रहता है...एक दिन तो हद ही हो गयी" कहकर वह कुछ रुक गया "क्या हो गया?" नीहार ने पूछा।

"हरामी का पिल्ला... दो सेविकाओं से चरण दबवा रहा था ... वो तो मैं दनदनाता हुआ एक दिन उसके कमरे में घुस गया...शिट्...विश्व जागृति मिशन ...क्या कल्याण करेंगे यह हिन्दू समाज का..."

"मैंने तुझे कितनी बार समझाया है शेखर, इन लोगों के चक्कर में मत पड़, अपना काम-धन्धा कर, इन लोगों के लिए धर्म एक धन्धा है ..."

"कुछ बदलेगा नहीं इनसे?" शेखर ने पूछा।

"कुछ नहीं बदलेगा" नीहार कहने लगा—"देख रहे हो आजकल कितने धर्माचार्य कुकुरमुत्तों की तरह से उग आये हैं...कुकुरमुत्ते हैं यह, ज़हरीले कुकुरमुत्ते, इनसे बचो।"

"पर प्रियांशु तो बरगद बना हुआ है।"

"भ्रम है उसका, तुम्हारा भी...थोड़े ही दिनों में देखना...सब फ्राड सामने आ जायेगा...धर्म, इतिहास, दर्शन, समाज को समझना ही है तो कुछ पढ़ो, पढ़े-लिखों की संगत करो, असली सत्संग तो वही है...इन कुकुरमुत्तों से तुम्हें न छाया मिलेगी, न प्रकाश" नीहार बड़ी देर तक और भी बातें करता रहा।

शेखर थोड़ा व्यवस्थित हुआ और अब तरीके से कुछ करने का संकल्प लेकर चला गया।

शेखर ने गाड़ी में जाते हुए देखा सड़क के बायीं ओर की दीवार पर चिपके आचार्य प्रियांशु महाराज के पोस्टर उसे घूर रहे थे। उसने गाड़ी किनारे लगा दी। डैश बोर्ड से मार्कर पेन निकाला और पोस्टर पर आचार्य प्रियांशु महाराज के नाम के आगे मोटा-मोटा लिखा—"कुकुरमुत्ता।"

वह आदमी

महेश डलहौज़ी पहली बार आया था। अपनी शादी के तीस साल बाद। इससे पहले वह कई हिल-स्टेशन घूम चुका था, लेकिन डलहौज़ी के बारे में उसके मन में एक उजाड़ हिल-स्टेशन की छवि बनी हुई थी। इसलिए डलहौज़ी आना वह बार-बार टालता रहा।

डलहौज़ी में दाखिल होते ही उसकी छवि टूटने लगी। सड़कें किसी भी विकसित हिल-स्टेशन सी चिकनी और दोनों ओर हरे-भरे चीड़ के पेड़ थे। बीच-बीच में कच्चे पहाड़ दिख जाते थे। उन पर बने जल-बहाव के निशान यह संकेत दे रहे थे कि बारिशों में इन सड़कों पर भू-स्खलन आम बात होती होगी। हालाँकि कच्चे पहाड़ों को भी पेड़ लगाकर मज़बतूी देने की कोशिश की गयी थी, लेकिन सम्भवतः वो कोशिश नाकाम रही।

घुमावदार सड़कों पर बलखाती गाड़ी के शीशे उसने खोल दिये और प्रदूषण-रहित हवा को अपने फेफड़ों में भरने लगा। साथ ही बैठी नीमा भी वही कर रही थी। किसी भी हिल-स्टेशन पर जाने का सबसे पहला अहसास महानगरों की प्रदूषण-भरी ज़िन्दगी से मुक्ति का अहसास होता है।

पठानकोट से डलहौज़ी पहुँचने में चार घण्टे लग गये। होटल में सामान लगा और फ्रेश होने के बाद भूख दस्तक देने लगी। ड्राइवर उन्हें गाँधी चौक ले गया। यहीं डलहौज़ी का मुख्य बाज़ार है। महेश गाड़ी से उतरकर किसी ठीक-ठिकाने जगह की तलाश करने लगा। ड्राइवर ने उसे शेरे पंजाब सहित तीन-चार रेस्तराँ के नाम बताये थे। वह और नीमा चौक के कॉर्नर पर बने क्वालिटी रेस्तराँ में घुस गये।

एक मेज़ पर महेश और नीमा आमने-सामने बैठ गये। रेस्तराँ की सजावट आकर्षक थी। हर कोने में अमूर्त पेंटिंग्स टँगी हुई अति-यथार्थवाद की दुनिया में ले जा रही थीं।

ठीक सामने वाली मेज़ पर महेश की नज़र पड़ी तो वहीं ठिठकी रह गयी। उस मेज़ पर एक अनजान व्यक्ति बैठा था। उसे महेश ने पहले कभी नहीं देखा

था। उसके व्यक्तित्व में कुछ ऐसा था जो बरबस महेश को उसकी ओर आकर्षित कर रहा था। महेश ने अपने आसपास नज़र घुमाकर देखा कि उसे कोई और भी देख-परख रहा है या केवल वही उसकी ओर आकर्षित हो रहा था। रेस्तराँ में अभी कुल चार-पाँच मेजों पर ही लोग जमा हुए थे और सभी अपने-अपने में व्यस्त। सामने कोने वाली मेज़ पर एक नव-विवाहित जोड़ा रोमांस में मशगूल था। दायीं ओर तीन विदेशी लड़कियां अपने आसपास से बेखबर नेटिव भाषा में बतिया रही थीं। पीछे की मेज़ पर एक अधेड़ पति-पत्नी और उनके दो बच्चे खाने के ऑर्डर पर एक-दूसरे से झगड़ रहे थे। किसी भी मेज़ पर महेश की नज़र एक-दो क्षण से ज़्यादा नहीं टिक रही थी। महेश की नज़र घूम-फिर कर उसी व्यक्ति पर केन्द्रित हो गयी।

महेश ने अनुमान लगाया कि उसकी उम्र साठ के आसपास होगी। सिर पर बाल कम और पूरी तरह पके हुए थे। गंदमी रंग और शरीर गठा हुआ लग रहा था। उसका चेहरा-मोहरा, बैठने का अन्दाज़ एक आकर्षक व्यक्तित्व का अहसास देता था। उसके हाव-भाव बता रहे थे कि वह भी यह बात जानता था। अपने व्यक्तित्व को लेकर शायद वह इतना आश्वस्त था कि वह अपने आसपास किसी को भी नहीं देख रहा था। कहीं उसके मन में यह भाव भी तैर रहा था कि दूसरों का ध्यान ही उस पर केन्द्रित होना चाहिए।

नीमा ने काम्बो खाने का ऑर्डर दे दिया था। काफी देर से फैली खामोशी को नीमा ने ही तोड़ते हुए पूछा—"उधर क्या देख रहे हो" दरअसल उस व्यक्ति की ओर नीमा की पीठ थी और वह उस व्यक्ति को नहीं देख पा रही थी।

"ऐसे ही...सोच रहा था रेस्तराँ में सिर्फ़ यही व्यक्ति अकेला क्यों है" कहते हुए महेश ने अपनी आँखों से ही उस व्यक्ति की तरफ इशारा किया। नीमा ने गर्दन धूमाकर उस व्यक्ति को देखते हुए कहा—"होगा कोई लोकल।"

"नहीं...सैलानी है...उसके कपड़े, उसके जूते और उसके चेहरे के भाव।"

तभी बैरे ने उस व्यक्ति की मेज़ पर चिकन टिक्कों से भरी प्लेट और उसके साथ एक नॉन लाकर रख दिया। वह अपने आसपास से उसी तरह से बेखबर उन्हें खाने लगा। महेश अभी भी उसे देख रहा था। उसे इस तरह किसी को देखना बेअदबी लग रही थी, लेकिन वह अपने आप को रोक नहीं पा रहा था।

महेश कहीं अन्दर ही अन्दर उस व्यक्ति के एकान्त से रश्क कर रहा था। इन दिनों उसके और नीमा के रिश्तों में एक तनाव आ गया था और वे उस तनाव को तोड़ने से मुक्त होने के लिए कुछ-कुछ दिनों के लिए दिल्ली से बाहर निकल जाते थे।

महेश को कहीं ऐसा भी लगने लगा कि ज़रूर उस व्यक्ति के जीवन में भी

कोई तनाव होगा और वह उस तनाव से मुक्त होने के लिए ही अपनी तरह से एकान्त जीना चाहता है। महेश नहीं जानता था कि एकान्त जीना क्या होता है। वह तो जहाँ भी जाता है, नीमा हमेशा उसके साथ होती है। वह कई बार साथ-साथ होते हुए भी एकान्त जीने की कोशिश करता लेकिन साथ-साथ रहते हुए, एक-दूसरे को टोकते हुए, एक-दूसरे का ध्यान रखते हुए क्या एकान्त जिया जा सकता था?

इसी प्रश्न को लेकर महेश के मन में कुछ केंचुए रेंगने लगे थे। एक-दूसरे से लिपटे हुए केंचुए। महेश उन केंचुओं की पकड़ में था कि वेटर ने मेज़ पर प्लेटें सजा दीं। महेश का मन उन केंचुओं की पकड़ से छूट झकाझक सफ़ेद प्लेटों में अटक गया। शायद उसे भूख सताने लगी थी।

वह व्यक्ति चिकन-टिक्कों की प्लेट खाकर नैपकिन से अपने होठ साफ़ कर रहा था। थोड़ी ही देर में वह अपना बिल चुकाकर रेस्तराँ से बाहर चला गया, लेकिन महेश अभी भी उसके व्यक्तित्व में उलझा हुआ उसके एकान्त से ईर्ष्या कर रहा था।

कुछ देर बाद महेश के सामने खाना आ गया। उसका मन अभी भी चिकन-टिक्कों की प्लेट में उलझा हुआ था। उसने नीमा से यह बात कही। नीमा ने कहा—"अब वो मँगवाओगे तो यह कौन खायेगा।"

महेश चुपचाप परोसा हुआ खाना खाने लगा और थोड़ी ही देर बाद वे सुगन्धित सौंफ चबाते हुए रेस्तराँ से बाहर आ गये।

"खाना अच्छा लगा न?" नीमा ने ऐसे पूछा जैसे खाना उसी ने बनाया हो। "हाँ" संक्षिप्त सा जवाब देते हुए उसने ड्राइवर को गाड़ी लाने के लिए कहा। वहाँ से वे सुभाष बाउली और सतधारा देखने गये। दोनों ही जगहों पर कुदरत अपने हसीन यौवन का रंग बिखेर रही थी, लेकिन महेश का मन कुदरत के यौवन में अटकने के बजाय उस व्यक्ति में अटका हुआ था। उसने अपने मन को बार-बार समझाया भी कि वह उस अनजान व्यक्ति के बारे में इतना क्यों सोच रहा है। उसका मन था कि दिमाग के आदेश को नहीं मान रहा था।

महेश जहाँ भी जाता, उसकी नज़रें उस व्यक्ति को खोजतीं। उसने सोच लिया था कि वह उसे जहाँ भी दिखा तो वह उससे उसके बारे में पूछकर अपनी जिज्ञासा शान्त कर लेगा। अपनी इसी खोज में ही वह दो दिन लगातार उसी रेस्तराँ में खाना खाता रहा। उसे विश्वास था कि वह व्यक्ति भी फिर वहीं खाना खाने आयेगा। उसका विश्वास रेत की दीवार साबित हुआ।

दो दिन बाद महेश और नीमा डलहौज़ी से खज्जियार की ओर रवाना हो गये। खज्जियार की खूबसूरती के चर्चे भी उसने बहुत सुने हुए थे। लगभग एक घण्टा

बाद वे खज्जियार की वादी में थे। उनके सामने हरा-भरा खुला मैदान खुलेपन की परिभाषा दे रहा था। मैदान के चारों ओर तीन स्तरों पर खड़े देवदार के ऊँचे पेड़ मैदान के व्यक्तित्व के तीन स्तरों का संकेत दे रहे थे। महेश अपने मन को उस मैदान से जोड़कर समझने की कोशिश कर रहा था। हवा में तैरती हल्की गुलाबी ठण्ड और चटख धूप सुहावने मौसम का पर्याय बन गयी थीं। वे दोनों खज्जी नाग का मन्दिर देखने के बाद खुले मैदान में ही बैठकर मौसम जी रहे थे कि महेश की नज़र फिर ठिठक गयी। उसने देखा कि उस मैदान के दूसरे छोर पर वही व्यक्ति अकेला एक कुर्सी पर बैठा था। उसने नीमा से कहा—"वही आदमी...तुम यहीं बैठो नीमा...मौसम का मज़ा लो, मैं उससे मिलकर आता हूँ।"

"मैं भी चलती हूँ न।"

"नहीं तुम बैठो...प्लीज़...थोड़ी देर में आता हूँ", कहकर वह अपना कैमरा सँभालते हुए उस व्यक्ति के पास पहुँच गया।

वह व्यक्ति एक कुर्सी पर बैठा किसी लोकगायक से चम्बा का लोकगीत सुन रहा था। वह लोकगायक दायें हाथ में रबाब और बायें हाथ में खंजड़ी पकड़कर बजाता हुआ गा रहा था। महेश अपने कैमरे से उसे शूट करने लगा। उस व्यक्ति ने अभी तक महेश को देखा नहीं था। दो गीत सुनाने के बाद लोकगायक चला गया तो महेश ने उस व्यक्ति की ओर मुख़ातिब होते हुए कहा—"हलो।"

"हलो", उस व्यक्ति ने जवाब दिया। उसकी 'हलो' में निस्पृहता थी।

"आई एम महेश...महेश दत्त..." कहते हुए उसने अपना हाथ उस व्यक्ति की ओर बढ़ा दिया।

उस व्यक्ति ने क्षण भर महेश को देखा और फिर उसका हाथ थामते हुए बोला—"आई एम कैलाश...कैलाश खोसला।"

"आप डलहौज़ी में भी थे न...!" महेश ने अपने स्वर में आत्मीयता घोलते हुए पूछा।

"हाँ", संक्षिप्त जवाब।

"अकेले हैं?"

"हाँ", वही संक्षिप्त जवाब।

"मैं आपके पास थोडी देर बैठ सकता हूँ?"

"कोई ख़ास बात!" कैलाश ने सवाल के जवाब में सवाल ही किया।

महेश थोड़ा अचकचा गया। फिर भी उसने हिम्मत बटोरते हुए कहा—"नहीं. ..बस दो दिन पहले आपको डलहौज़ी में देखा था...क्वालिटी में...तभी से आपसे बात करने का मन कर रहा था।"

“बैठिए”

महेश के पास ही एक ओर पड़ी कुर्सी को खिसकाकर बैठ गया। दोनों के बीच एक अपरिचित खामोशी थी। लोकगायक के सुनाये गीतों की धुनें उस अपरिचित खामोशी में भी सुनाई दे रही थीं।

खामोशी में महेश ने ही सेंध लगाई—“सोच रहा था कि आप इतने खूबसूरत इलाके में अकेले...”

कैलाश की बड़ी-बड़ी आँखें महेश की ओर उठीं। महेश ने उन आँखों में समाई गहरी उदासी को पढ़ लिया, लेकिन किसी अयाचित टिप्पणी के डर से खामोश रहा।

“आप...” उस व्यक्ति की जिज्ञासा थी।

“नहीं...मैं अकेला नहीं...मेरी पत्नी है मेरे साथ...वो देखिए मैदान के उस ओर...”

“उन्हें भी साथ रखना चाहिए था न...उन्हें वहाँ क्यों छोड़ दिया।”

“दरअसल बात यह है मिस्टर कैलाश कि मैं दो दिन से यही सोच रहा था कि आप किस तरह से अपना एकान्त जीते हुए यहाँ से वहाँ घूम रहे हैं...ऐसा होता है न कि हर आदमी कभी पूरी तरह से मुक्त होकर जीना चाहता है...अपने में...अपने साथ...अपने एकान्त के साथ।”

कैलाश की आँखों में समाई उदासी और भी गहरी हो गयी। अब उसकी आवाज़ में भी उदासी झलकने लगी थी—“आप बहुत लकी हैं मिस्टर महेश कि आप अपने पार्टनर के साथ घूम रहे हैं।”

“तो क्या आपका पार्टनर...!”

“था...हम दोनों भी जहाँ जाते...हमेशा साथ-साथ ही जाते थे...शहर में या शहर से बाहर...एक-दूसरे से प्यार करते हुए...लड़ते हुए...मनाते हुए...”

“तो...”

“बस चार साल पहले...मेरी पत्नी गीता डेंगू की गिरफ़्त में ऐसी फँसी कि लाख कोशिश करने पर भी वह बची नहीं... बहुत प्यार करती थी वो मुझसे... तब से अकेला हूँ...इधर-उधर भटकता हुआ...जिसे आप एकान्त कह रहे हैं न वो मेरा एकान्त न ही मेरा अकेलापन है...मैं अपने अकेलेपन से लड़ने के लिए ...उसे तोड़ने के लिए नयी-नयी जगहों पर जाता हूँ...नए पहाड़, नये-नये मौसमों से मिलता हूँ...अपना एकान्त तो आप कहीं भी और किसी के साथ रहते हुए भी जी सकते हैं...लेकिन अकेलापन बहुत मारक होता है मिस्टर महेश...अकेलापन जब आदमी में उतरता है तो उसे अन्दर तक तोड़ देता है...और मैं टूटना नहीं

चाहता। अपने-आप को बचाकर रख सकूँ, इसीलिए यहाँ-वहाँ...इस शहर से उस शहर...और फिर मुझमें जीने की एक नयी ऊर्जा आ जाती है...उसी ऊर्जा के सहारे अपने काम पर लौटता हूँ...'' कहते-कहते कैलाश की आवाज़ कुछ काँपने लगी थी। उसकी आँखें पनीली हो गयी थीं। उसने जेब से अपना रूमाल निकाला और उससे अपनी पनीली आँखों को ढक लिया।

महेश को अपने पूरे परिवेश में स्तब्धता का अहसास हो रहा था। उसे कैलाश ने एकान्त और अकेलेपन की समझ दे दी थी।

यह बिना कुछ कहे उठा और हल्के-हल्के क़दमों से नीमा के पास लौट आया। उसने देखा कि नीमा की आँखों से झाँकता इन्तज़ार उसी को खोज रहा था।

महेश ने पलटकर देखा...कैलाश वहाँ से जा चुका था।

चलो कहीं घूम लेते हैं

आज नीलेश को ऑफिस से निकलते-निकलते फिर देर हो गयी थी। हालाँकि उसे आज घर जल्दी पहुँचना था। उसी ने तो आज शाम को अपनी बेटी के होने वाले ससुराल के लोगों से मिलने का समय तय किया था। नीलेश के समाधि और समधिन दोनों ही आ रहे थे नीलू की शादी की तारीख तय करने। नीलेश जब भी किसी ज़रूरी काम के लिए समय तय करता, उसके मन में यह शंका पलने लगती कि आज कुछ न कुछ ऐसा ज़रूर घटेगा कि वह खुद तय किये गये समय पर नहीं पहुँच पायेगा। ऐसा उसके साथ पहले भी कई बार हो चुका था।

बहुत कोशिश करने पर भी वह ऑफिस से सात से पहले नहीं निकल सका। घर तक पहुँचने के लिए उसे एक घण्टा तो लग ही जायेगा। उसने उन्हें आठ बजे का समय दिया था। आठ बजे तक आयेंगे क्या वे लोग? नीलेश ने उन्हें ताक़ीद भी की थी कि उस रात वे खाना भी उसी के घर खाएँ और अब वह खुद ही लेट हो रहा है। नीलेश के मन में उधेड़बुन जारी थी। अपने देश में कोई लड़के वाला भला लड़की वालों के यहाँ समय पर पहुँचता है। उसे अपनी शादी का वक़्त याद आ गया। उसकी शादी सुधा से होनी थी तो वह अपने परिवार सहित हर अवसर पर हमेशा समय से ही पहुँचता था। यहाँ तक कि उसकी बारात भी निश्चित समय से पहले ही लड़की वालों के द्वार पर थी। वह 'लड़के वाले' का मिथ तोड़ना चाहता था। उसने मिथ तोड़ा भी। इसके लिए उसे अपने परिवार के अनेक लोगों के उपहास का पात्र भी बनना पड़ा। उसने किसी की भी परवाह नहीं की थी, लेकिन सारे लड़के नीलेश तो नहीं हैं न! यह सोचते-सोचते नीलेश स्वयं को दूसरों से कुछ अलग समझने लगा था।

आज जब नीलेश खुद ही लेट हो रहा था तो वह अन्दर से कहीं यह चाह रहा था कि उसके होने वाले दामाद कपिल के माता-पिता कुछ देर से ही पहुँचें। यही सोचते हुए उसने अपनी गाड़ी पार्किंग से निकाली और स्टार्ट करने से पहले सुधा को फोन मिलाया।

"हाँ बोलो" उधर से सुधा ने फोन उठाते ही पूछा।

"देर हो रही है सुधा, बहुत कोशिश करने पर भी यह हाल है...उनका कोई फोन था?" यह पूछकर नीलेश आश्वस्त हो जाना चाहता था।

"नहीं"

"ठीक है, चल रहा हूँ" कहकर नीलेश अपना मोबाइल बन्द करके अपनी गाड़ी समेत दिल्ली की भीड़ भरी सड़कों पर एक अनजान चेहरे की तरह शामिल हो गया।

सर्दियों के दिन थे। जनवरी की ठण्ड। पाँच बजे ही अँधेरा घिरने लगता है। सात बजे लगता है, बहुत रात हो चुकी है। दिल्ली की भीड़-भाड़, लाल बत्तियाँ, चिल्ल-पों, भागम-भाग और कहीं भी ट्रैफिक जाम। आई टी ओ, आश्रम चौक, राजा गार्डन चौक, नारायणा टी पॉइंट, अधचिनी यानी दिल्ली की कोई भी ऐसी दिशा नहीं बची थी, जहाँ कभी भी ट्रैफिक जाम न हो सकता हो।

नीलेश केन्द्रीय सचिवालय से चला था और टैगोर गार्डन में उसे अपने घर पहुँचना था। यही कोई बारह किलोमीटर का रास्ता। पहले वह बस पर भी यह रास्ता तीस-पैंतीस मिनट में तय कर लिया करता था, लेकिन अब एक घण्टा...कम से कम। अधिक की तो कोई सीमा नहीं।

नीलेश ने इन्द्रपुरी का रास्ता पकड़ा कि इस रास्ते वह भीड़ से बचता हुआ जल्दी पहुँच जायेगा। उसका अनुमान ग़लत निकला। नारायणा की लोहा मंडी में जाम लगा हुआ था। माल ढुलाई करने वाले ट्रकों ने सड़क पर उत्पात मचा रखा था।

'शिट' नीलेश ने खुद से कहा और सोचने लगा 'फिर देर'। गाड़ी के डैश-बोर्ड पर अपने सामने लगी घड़ी को देखा। सात बज चुके थे। वह तो सुधा से कहकर आया था कि आज वह दफ्तर से जल्दी आकर और काम में उसका हाथ बँटा देगा। क्या करे नीलेश! अंडर सेक्रेटरी की मुसीबत। वह सेक्शन ऑफिसर और डिपुटी सेक्रेटरी दो पाटों के बीच पिसता रहता है। फिर उसे खुद भी तो डिपुटी सेक्रेटरी बनना है और इसके लिए उसकी सी.आर. बिगड़नी नहीं चाहिए।

गाड़ियाँ धीरे-धीरे रेंग रही थीं। गाड़ी के अन्दर टेम्परेचर बढ़ने लगा था। उसने अपनी जाकेट उतारकर गाड़ी की सीट के पीछे टाँग दी और दायें-बायें देखते हुए अपनी गाड़ी सरकाता रहा।

आठ बज चुके थे। फोन बजा। सुधा थी—"हाँ, बोलो"

"वे लोग आ गए हैं"

"मैं नारायणा रेड लाइट पर फँसा हूँ...अभी पहुँचता हूँ...उन्हें बिठाओ...ग्रीन...",

मोबाइल सिग्नल गायब हो गया।

इससे पहले कि नीलेश टी पॉइंट से दायें मुड़ पाता, रेड लाइट फिर हो गयी। कम से कम दो-ढाई मिनट और।

''ठक...ठक...ठक...'' नीलेश ने झुँझलाकर अपनी बायीं ओर देखा। अक्सर भिखारी या हिजड़े आकर इस तरह से ''ठक...ठक...'' करके भीख माँगते हैं। पर नहीं...यह तो कोई महिला थी। नीलेश ने उसे इशारे से अपने बायें ओर बुला लिया और गाड़ी का शीशा नीचे करते हुए प्रश्नवाचक मुद्रा में पूछा–''हाँ?''

''मुझे थोड़ा आगे छोड़ देंगे''

''कहाँ?''

''बस थोड़ा आगे, बहुत देर से यहाँ खड़ी हूँ..''

सफ़ेद सिल्क की साड़ी, हाथों में सोने की दो चूड़ियाँ, माथे पर चमकती लाल बिंदिया...सिर के सफ़ेद बाल...कुल मिलाकर नीलेश को वह एक सम्भ्रान्त महिला लगी थी।

नीलेश दिल्ली में ही पला-बढ़ा था और आये दिन तरह-तरह के किस्से भी सुनता-पढ़ता रहता था कि किस तरह से सुनसान रास्तों पर खड़ी लिफ्ट माँगती सुन्दर-असुन्दर लड़कियाँ अक्सर काल-गर्ल्स या लुटेरी होती हैं। उसी के दफ्तर का एक बाबू तो इनका शिकार भी हो चुका था और पाँच-सात हज़ार की चपत खा चुका था।

''मुझे सिर्फ़ टैगोर गार्डन तक जाना है'' नीलेश ने कहा।

''ठीक है...मुझे मोड़ पर छोड़ दीजिए...वहाँ से बस मिल जायेगी।''

नीलेश के दिमाग में कई-कई बातें एक साथ दस्तक दे रही थीं। फिर भी उसने बायाँ दरवाज़ा खोलते हुए कहा–''आइए बैठ जाइए।''

उस सम्भ्रान्त महिला के अन्दर बैठते ही ग्रीन लाइट हो गयी और नीलेश ने अपनी गाड़ी मोड़कर रिंग रोड पर डाल दी।

''पीक आवर्स'' थे। ट्रैफिक धीरे-धीरे सरक रहा था। नीलेश ने कनखियों से उस महिला की ओर देखा। उसके बाल ज़रूर सफेद हो गये थे, लेकिन चेहरे पर दूर-दूर तक कोई झुर्री नहीं थी। रंग गोरा। चेहरा एकदम सपाट और चिकना। हाँ उसके चेहरे पर अन्यमनस्कता भरा सौम्य भाव तैर रहा था।

गाड़ियों के हुजूम में अपनी गाड़ी की जगह बनाते हुए नीलेश ने एक्सीलेटर दबा दिया। गाड़ी पुल की चढ़ाई पर भी तेज़ भागने लगी।

''आप गाड़ी बहुत तेज़ चलाते हैं'' उस महिला ने अपने स्वर में अतिरिक्त कोमलता उँडेलते हुए कहा।

"हाँ, ऐसे ही चलाता हूँ" नीलेश जल्दी से जल्दी घर पहुँचना चाहता था।

"क्या करते हैं आप?"

"सरकारी नौकर हूँ...और आप?"

"मैं एक फैक्ट्री में काम करती हूँ...गाड़ी ज़रा धीरे चलाइए न"

नीलेश ने एक्सीलेटर से पाँव हटा दिया। अपने मोमेंटम में भागती गाड़ी की रफ़्तार खुद ही कम होने लगी।

नीलेश ने इस बार गर्दन घुमाकर उस महिला के चेहरे को ध्यान से देखते हुए कुछ पढ़ने की कोशिश की। उसे वह किसी भी कोण से फैक्ट्री में काम करने वाली महिला नहीं लगी।

"चलो कहीं घूम लेते हैं" महिला ने सीधा प्रस्ताव रखा।

नीलेश को लगा जैसे शून्य में कोई लपक दिखी और गायब हो गयी। उसे विश्वास नहीं हुआ। उसने पूछा—"क्या मतलब"?

"मतलब क्या...गाड़ी इतनी तेज़ मत चलाया करो...आराम से घूमते हैं न!"

"आप कहाँ उतरेंगी?" नीलेश ने अपना पासा फेंका।

"थोड़ा आगे छोड़ दो न! चलो पहले कहीं घूम लेते हैं।"

नीलेश के हृदय-सागर में एक के बाद एक लहरें उठने लगीं। पहली लहर किनारा छोड़ती तो दूसरी लहर आ जाती। दूसरी छोड़ती तो तीसरी। न जाने कितनी-कितनी स्मृतियों, चाहतों और आशंकाओं की लहरें। एक-दूसरे को काटती हुईं। अख़बारों में पढ़े किस्से और कुछ लोगों के अनुभवों के बीच कहीं मन में दबी-छिपी चाहत कि कभी उसे भी दूसरी औरत का अनुभव मिले। नीलेश के अन्दर एक सिक्का खनखनाया कि यह अवसर मिलना भी था तो आज...जब उसे घर जल्दी पहुँचना है। दूसरे कोने से दूसरी आवाज़ कि नहीं यह ठीक नहीं है...वह सुधा के प्रति अन्फेथफुल नहीं हो सकता...और अगर वह उसे एक बार कहीं ले भी जाये तो कहाँ...यह लूट ले...मार दे या मरवा दे...मेरे से सब कुछ छीन ले...और फिर कई-कई तरह के डर विष-बेल की तरह से उसके मन में लिपटने लगे। धीरे-धीरे डर नीलेश पर हावी हो गया और उसने उस महिला से कहा—"आप अगली रेड लाइट पर उतर जाइए।"

"वो पीछे आ रहा है" उस महिला ने कहा। यह बात इस घटना का एक और आयाम थी। इस छोटे से वाक्य से नीलेश का डर और गहरा गया। फिर भी साहस बटोरकर नीलेश ने पूछा—"वो...वो कौन..."

सामने रेड लाइट थी। गाड़ियाँ वहाँ पहले से ही रुकी हुई थीं। नीलेश ने भी अपनी गाड़ी रोककर रियर ग्लास में देखा। गाड़ी के ठीक पीछे एक स्कूटर खड़ा

था और उस पर सवार था एक मुस्टंडा।

गर्दन घुमाकर देखने की हिम्मत नहीं हुई। नीलेश को लगा आज वह बुरी तरह से फँस गया है। अकेली महिला होती तो वह उससे निपट लेता... पर यह पहलवान! हो सकता है उसके पीछे कोई और भी हो। नीलेश की सोच की परतें एक दूसरे से उलझते हुए खुल रही थीं। वह सोच रहा था कि अगर उसने उस महिला को मना कर दिया तो वह अपने कपड़े फाड़कर, शोर मचाकर उसे बुरी तरह से फँसा सकती है। उसके कहने के मुताबिक़ चलता है तो वह न जाने उसे कहाँ ले जायेगी और उसके साथ क्या करेगी।

वह ख़ुद को कोसने लगा कि क्यों उसने उस महिला को लिफ्ट दी, जबकि वह कभी भी किसी लड़की को लिफ्ट नहीं देता था। शायद वह उस महिला के प्रौढ़ चेहरे पर फैले आभिजात्य को देखकर न नहीं कर सका या कहीं मन के किसी गहरे कुएँ में डूबा उसके पौरुष का वह हिस्सा ऊपर आकर तैरने लगा था, जिसे दूसरी की तलाश थी। दूसरी औरत यानी दूसरी औरत का जिस्म।

ग्रीन लाइट होते ही ट्रैफिक फिर रेंगने लगा। नीलेश ने अपनी हथेलियों में गीलापन महसूस किया। कानों से गर्मी रिसने लगी थी। उसने सोचा थोड़ी ही दूर तो राजौरी गार्डन का पुलिस थाना है। सीधा वहीं जाकर गाड़ी खड़ी कर देगा और पुलिस की मदद लेगा...स्मृति-कूप से फिर एक आवाज़ आयी...पुलिस और मदद. ..वो भी ऐसे केस में...भूल जाओ...याद नहीं उस्मान क्या हुआ था...वह भी इसी तरह से फँसा था...पुलिस की मदद लेना चाही...मदद तो दूर, पुलिस ने उसकी ही जेबें खाली करवा ली थीं...उस्मान ने बताया था उसे कि पुलिस ने उसकी तलाशी लेते हुए कहा था पैसे दे दो वरना आतंक फैलाने के जुर्म में लाक-अप में जाओगे। कितना घबरा गया होगा उस्मान और जिस लड़की को उसने लिफ्ट दी थी...वह खिलखिलाती हुई चली गयी थी। इस महिला की भी तो पुलिस से वैसे ही साँठ-गाँठ होगी जैसे उस लड़की की थी...बिना पुलिस की मदद के यह सब हो सकता है भला...

इसी ऊहापोह में उसकी गाड़ी की रफ़्तार कम हो गयी थी। क्या करे...क्या न करे...मन का एक हिस्सा कह रहा था कि सभी पुलिस वाले एक से नहीं होते तो दूसरा कह रहा था कि माना कि यह सच हो तब भी हुज्जतबाज़ी तो होगी न! पहले एफ आई आर करवाओ, जो वे आराम से दर्ज करेंगे नहीं और लिख भी लें तो गवाह जुटाओ...कहाँ से लाऊँगा गवाह...और इस औरत ने मुझ पर कोई इल्ज़ाम लगा दिया तो? और पुलिस स्टेशन पहुँचने से पहले ही पीछे आते मुस्टंडे ने चाकू मार दिया तो? इस तरह के कई तो? उसके दिमाग़ पर हथौड़े की चोट

की तरह पड़ने लगे। उसे लगा जैसे कई तो? गाड़ी के अन्दर तैर रहे हैं।

उसने ट्रैक बदलते हुए सहानुभूति का रास्ता चुनते हुए उस महिला से कहा–"यह आप ऐसा क्यों...?"

इससे पहले कि वह अपनी बात पूरी करता, उस महिला ने कहा–"मुझे कौन पूछता है...मेरे साथ चलो तो दिखाती हूँ...बहुत ही सुन्दर लड़की है...मुश्किल से बीस की होगी...डरने की कोई बात नहीं...दरअसल मेरी बेटी बीमार है न!"

पहले तो नीलेश को दोनों बातें कुछ अटपटी लगीं, फिर उसे दोनों बातों के सिरे कुछ जुड़ते हुए लगे। उसने पूछा–"कितनी बड़ी है आपकी बेटी?"

"आप मुझे आप आप क्यों कह रहे हैं" फिर उसने पीछे मुड़कर देखा और बोली–"आ रहा है...मेरी बेटी है कोई बीस साल की।"

नीलेश की नज़र बार-बार डैश-बोर्ड पर लगी घड़ी पर जा रही थी...छोटी सुई नौ के करीब पहुँच रही थी, फोन बजा।

"किसका है?" उस महिला ने पूछा।

"मेरी पत्नी का"

"बजने दो, उठाना नहीं... वो पीछे आ रहा है..."

अब तो नीलेश के पसीने छूटने लगे लेकिन उसने खुद को सँभालते हुए बात जारी रखी–"दरअसल मेरी भी एक बेटी है...कोई तेईस साल की।"

वह महिला खामोश बैठी रही। फोन बज-बज कर खामोश हो गया। नीलेश ने उस महिला के चेहरे को पढ़ने की कोशिश की...उसे लगा उसके चेहरे पर बड़ा सा शून्य तैर रहा है।

"मैं यहीं से मुड़ जाता हूँ...आप यहीं उतर जाइए..." कहते हुए नीलेश ने गाड़ी एक ओर पटरी के साथ लगाने की कोशिश की।

"नहीं...नहीं...यहाँ नहीं...राजा गार्डन चौक के उधर"

फिर पंजाबी बाग...फिर पीरागढ़ी...फिर पता नहीं किधर...ऐसा नीलेश ने सोचा और मन ही मन कुछ करने की हिम्मत जुटाने लगा।

"वो पीछे आ रहा है" एक बार फिर यह कहकर उस महिला ने उसकी हिम्मत को तोड़ने की कोशिश की।

"कौन है वो?"

"पता नहीं...बस वो है..."

नीलेश की असमंजसता और गहरी होती जा रही थी।

राजा गार्डन चौक पर उसे हरी बत्ती मिली। वह चौक से मुड़ने के बजाय रिंग रोड पर सीधा ही बढ़ गया।

आगे पेट्रोल पम्प और उसी के पास से बायीं ओर मुड़ती हुई सड़क पुलिस स्टेशन की ओर जाती थी।

''टू बी आर नाट टू बी'' वाली हालत में था नीलेश।

तभी फोन फिर बजा। सुधा ही थी। इस बार नीलेश ने फोन उठा लिया और कहा—''हाँ, बस आ रहा हूँ''

अचानक जाने कहाँ से नीलेश के मन में टनों के हिसाब से हिम्मत आ गयी और उसने मोड़ से दस कदम पहले ही गाड़ी में ज़ोर से ब्रेक लगा दी। अपनी सीट पर बैठे-बैठे ही उसने हाथ बढ़ाकर बायीं ओर का दरवाज़ा खोल दिया और अपनी पूरी ताकत से चिल्लाया—''गैट डाउन''

वह महिला इतनी सहम गयी कि एकदम गाड़ी से उतर गयी। पीछे स्कूटर पर सवार वह मुस्टंडा भी खड़ा था। महिला के उतरते ही नीलेश ने दरवाज़ा ज़ोर से बन्द किया और गाड़ी सीधे दूसरे गेअर में डालकर एक्सीलेटर को दबा दिया। अन्दर कहीं एक सिक्का उछला ''आप गाड़ी बहुत तेज़ चलाते हैं।''

घर पहुँचने से पहले उसने हीरामन की तीसरी कसम की तर्ज़ पर पहली कसम खाई कि भविष्य में कभी किसी महिला को लिफ्ट नहीं देगा। अगले ही क्षण उसके कानों में गूँज सुनाई दी—'चलो कहीं घूम लेते हैं'

जब रात को सब खाना खाकर चले गये तो नीलेश और सुधा अपने बेड-रूम में लेटे थे। सुधा ने पूछा आज इतनी देर क्यों कर दी। तब नीलेश ने सुधा को सारा किस्सा सुनाया। सुधा ने थोड़ा शोख देते हुए कहा—''चलो न कहीं घूम लेते हैं'' और वे दोनों एक-दूसरे में घूमने लगे। कमरे का पूरा आकाश भी उन दोनों के साथ झूम रहा था।

"उससे क्या होता है...दिल्ली में लड़की सेफ़ नहीं है और वह भी रात के बजे!"

"अरे नहीं, ऐसा अन्धेर भी नहीं है...समझदार लगती है जो ठीक लाइट के चे खड़ी है...ऐसे में कोई कुछ नहीं कर सकता।"

"रोज़ तो पढ़ते हो अखबारों में...पूरी दिल्ली क्रिमिनिल कैपिटल बनी हुई है।"

"हाँ, जिसे कुछ करना ही हो तो वह दिन-दहाड़े किसी को उठा ले जाये, ले, मार दे...वह अलग बात है...उसे कोई नहीं रोक सकता...लेकिन ऐसी चलती क पर कुछ करना मुश्किल है।"

"तुम तो हमेशा रामराज में जीते हो।"

मैं पत्नी की यह बात सुनकर थोड़ी देर के लिए खामोश हो गया। सोचने ा रात को दस बजे के आसपास अक्सर यहाँ ट्रैफिक पुलिस मुस्तैद रहती है। ों को रोक-रोक कर उनका चालान काटते हुए अक्सर उन्हें मैंने देखा है। आज स नहीं थी। यही सोचते हुए मैंने एक गहरी निगाह उस लड़की की ओर डाली। के और हमारे बीच कोई पचास फ़ुट का फ़ासला होगा। उसने अपना सिर थोड़ा घुमाया। इ़में उसके चेहरे का थोड़ा सा हिस्सा दिखाई दिया। इतना कि उससे अनुमान तो लगाया ही जा सकता था कि लड़की सुन्दर और जवान है। यही बाईस-तेईस के क़रीब।

हम दोनों के गिलास खाली हो गये थे। अब हम इस बात पर बहस करने ते हैं कि कमरे में पड़े फ्रिज से बीयर कौन निकालकर लायेगा। हम दोनों को यह जानने की उत्सुकता थी कि वह लड़की सचमुच किसी आत्मीय का इन्तज़ार रही है या देर रात में कोई ग्राहक ढूँढ रही है। मैं तेज़ी से अन्दर गया और ज से बीयर निकालकर ले आया। बालकनी में लौटकर मैंने नीचे सड़क पर अन्दाज़ से निगाह डाली कि सब कुछ यथावत ही है न! दो पलों में कहीं बदल तो नहीं गया। नहीं बदला। यह देखकर मैं थोड़ा आश्वस्त हुआ और र गिलास में उँडेलने लगा।

मैं यह बात मानने के लिए बिल्कुल तैयार नहीं था कि वह कोई चालू लड़की सकती है। मुझे वह दूर से ही सम्भ्रान्त लग रही थी। उसके कपड़े, चाल-ढाल कन्धे पर लटकते थैले की वजह से ही मैं कह रहा था—"ज़रूर किसी मल्टीनेशनल कॉल-सेंटर में काम करती होगी" लेकिन मेरी पत्नी की छठी इन्द्री बार-बार में कुछ काला होने का संकेत दे रही थी।

हमारी निगाहें बराबर उसी पर टिकी हुई थीं। हम नाटक पर बहस करना

टाइम-पास

हम दोनों नाटक देखकर घर लौटे थे। चन्द्रशेखर कांबार का नाट
है'। नाटक देखकर हम दोनों कुछ इस बात से क्षुब्ध थे कि राष्ट्
के रंगमण्डल को क्या हो गया है! अभिनय का स्तर गिरा है। कभी
अभिनेता ही अपेक्षित प्रभाव पैदा कर पाते हैं।

बहुत दिनों की गरमी के बाद मौसम सुहावना हुआ थ
में बीयर उँडेली और हम दोनों थोड़ा टाइम-पास करने की ग़रज़
में आकर बैठ गये। कई दिनों बाद हम बाहर बालकनी में बैठे
के झोंके शरीर को सहला जाते। हम बीयर सिप करते हुए
बात करने लगे।

बालकनी के ठीक सामने रिंग रोड है। खुली आठ लेन
के किनारे पर लगीं मास्ट लाइटों की जगमग में रिंग रोड नहा
से ट्रैफिक इतनी तेज़ी से भाग रहा था, जैसे सभी कहीं आग
हम दोनों बातें करते-करते कभी भागते ट्रैफिक पर नज़र डाल लेते
पर।

अचानक मेरी नज़र सामने मास्ट-लाइट के नीचे खड़ी
मुझे सिर्फ़ उसकी पीठ दिखाई दे रही थी। उसके बाल खुले
और काले। कद लम्बा। जींस और टाप पहने उस लड़की के
प्रोफेशनल थैला लटक रहा था। दायें हाथ में पर्स पकड़े हुए
से आती गाड़ियों को देखे जा रही थी वह लड़की। बीयर
मैंने कहा—"यह लड़की इस वक़्त यहाँ क्या कर रही है?"

मेरी पत्नी की नज़र भी उस ओर मुड़ी—"हम बहुत दि
...अरे यह तो दस बज चुके...रात के दस बजे यह यहाँ

"मुझे लगता है किसी का इन्तज़ार कर रही है। देर
से बात भी कर रही है किसी से।"

भूल गये थे। हमें सम्भवतः टाइम-पास करने का एक दिलचस्प तरीका मिल गया था। सड़क पर ट्रैफिक लगातार तेज़ी से भाग रहा था, लेकिन कई वाहनों की रफ़्तार उस लड़की के पास पहुँचते-पहुँचते धीमी हो जाती। कोई तो पल भर के लिए रुक भी जाता। वह लड़की किसी भी धीमे होते या रुकते वाहन की तरफ देखती भी नहीं। उसकी निगाहें बराबर अपनी दायीं ओर से आते वाहनों पर ही थीं। वह शायद किसी खास वाहन का इन्तज़ार कर रही थी। उसका यह रवैया मेरे हक़ में जाता था। तभी मैंने ज़ोर देकर कहा—"देखा, शरीफ़ लड़की को लोग कैसे परेशान करने के लिए रुक जाते हैं।" मेरे मन में तो आया कि मैं नीचे जाकर उस लड़की के पास खड़ा हो जाऊँ और उससे पूछूँ कि उसे किसका इन्तज़ार है। जब तक वह व्यक्ति आ न जाये मैं उसके पास ही खड़ा रहूँ। लेकिन मैंने इस डर के मारे कुछ नहीं कहा कि अपनी मंशा प्रकट करते ही पत्नी या तो मुझे डाँटकर बिठा देगी—"तुम्हें क्या लेना है उससे, खड़ी है खड़ी रहने दो..." या कहेगी—"अच्छा तो तुम भी लाइन मारने जा रहे हो" या कहेगी—"ज़माना बड़ा खराब है, तुम जाओ और वह तुम्हें ही फ़ँसा दे" या कुछ और या कुछ और।

मैं इधर यह सब सोच रहा था और उधर एक सैंटरो उसके पीछे की बायीं लेन में आकर रुकी। उसमें कुछ लड़के थे। कितने यह ठीक से दिखाई नहीं दे रहा था। गाड़ी के शीशे काले थे। बाहर से पड़ती रोशनी से ही अनुमान लगाया जा सकता था। उस लड़की ने उस गाड़ी की ओर नहीं देखा। उसकी निगाहें अभी भी अपनी दायीं ओर से आने वाले ट्रैफिक पर ही थीं। अब मैं भी कुछ-कुछ दुविधा में पड़ने लगा था कि अगर वह अपने किसी आत्मीय का इन्तज़ार कर रही है तो इतनी देर क्यों? मैं एक उधेड़बुन में फँसा जा रहा था। क्या यह वाकई कोई ग्राहक पटाने के लिए यहाँ खड़ी है या यह भी हमारी तरह से टाइम-पास कर रही है? और गाड़ी में बैठे वे लड़के...क्या वे भी टाइम-पास कर रहे हैं या रात गुज़ारने के लिए कोई माल तलाश रहे हैं?

तभी एक एस्टीम बिल्कुल उस लड़की के सामने आकर रुकी। वह लड़की घबराई नहीं। कम से कम मुझे ऐसा ही लगा कि वह ज़रा भी नहीं घबराई और उस मास्ट-लाइट से विपरीत दिशा में पटरी पर धीरे-धीरे चलने लगी। मेरा सोचना यकीन में बदलने लगा कि वह सचमुच एक निहायत शरीफ़ लड़की है, किसी का इन्तज़ार कर रही है और आने वाला किसी मुसीबत में फँसा है। दिल्ली का ट्रैफ़िक ...उफ़!

मैंने गिलास में पड़ी बीयर का आखिरी घूँट अपने हलक के नीचे उतारते

हुए कहा–"देखा...क्या हो रहा है, यह है हमारा समाज...अकेली लड़की देखी और लाइन लगाना शुरू...अभी मैं नीचे जाकर इस लड़की के पास खड़ा हो जाऊँ न ...तो देखो...कोई नहीं रुकेगा यहाँ...सारी गाड़ियाँ बिना रुके सीधी निकल जायेंगी।"

"हाँ...इसी बात से मुझे तकलीफ़ होती है" पत्नी ने कहा।

"तकलीफ़ की बात तो है...लेकिन यह एक कड़वी सच्चाई है...अब इसे औरतें मानें चाहे न मानें" मैंने कहा।

"तुम यह कहकर क्या साबित करना चाहते हो?"

"यही कि बहुत सी जगहों और बहुत से कामों में आदमी की ज़रूरत पड़ती है।"

"और बहुत सी जगहों में औरत की नहीं पड़ती क्या?"

"पड़ती है न, हम तो मानते हैं कि पड़ती है, कॉम्प्लैक्स औरतों में आया है कि हम पुरुष के बिना भी समाज चला सकती हैं।"

"अरे छोड़ो यह बहस...वो देखो।"

मैंने देखा कि एक मोटर साइकिल उस लड़की से कोई दस-पन्द्रह फ़ुट की दूरी पर आकर रुकी। उस पर एक युवा सरदार और एक मौना लड़का था। वे वहीं खड़े हो गये। सैंटरो कार चली और एक चक्कर लगाकर ठीक उस लड़की के सामने मेन रोड पर खड़ी हो गयी। तभी एक और स्कूटर रुका। उस पर भी दो लड़के सवार थे। दोनों ने हैल्मेट पहन रखे थे, इसलिए उन्हें पहचानना मुश्किल हो रहा था। सैंटरो कार फिर वहाँ से हिली और थोड़ा आगे जाकर रुक गयी।

अब मुझे भी कुछ-कुछ विश्वास हो चला था कि हो न हो यह कोई कॉल-गर्ल ही होगी। पर वह ऐसे इस तरह से सड़क के किनारे क्यों खड़ी है? मेरे मन में 'राम नाम सत्य है' का वह चरित्र सिर उठाकर खड़ा हो गया। नाटक का विषय एड्स था। ट्रीटमेंट भी ठीक ही था। नाटक में एक लड़की आती है। बिंदास। सुन्दर। एक लड़का है जो मस्त-मौला है और खुली ज़िन्दगी जीने में विश्वास रखता है। उसी से मिलती है वह लड़की और थोड़ी बातचीत और मान-मनौवल के बाद दोनों हम-बिस्तर होते हैं। और बाद में जब उस लड़के को पता चलता है कि वह लड़की तो एड्स से पीड़ित थी तो उस लड़के के हाथों के तोते उड़ जाते हैं। वह लड़की जिसे किसी पुरुष से यह रोग मिला था, अब वह वही रोग पुरुषों में बाँट रही थी। यानी पूरी पुरुष-जाति से बदला।

तो क्या रिंग-रोड के किनारे रात को खड़ी यह लड़की भी इस नाटक की उस लड़की जैसी ही है? इसी तरह की ख़बर मैंने कभी अख़बार में पढ़ी थी। तो क्या वह लड़की अख़बार से निकलकर सड़क पर आ गयी है? मैं यह सब सोचकर अन्दर ही अन्दर

हिल गया। मेरे हिलने की वजह वह लड़की कम और मेरी अपनी कारगुज़ारियाँ ज़्यादा थीं। पल भर में कई चेहरे मेरी आँखों में तैरे और मुझे डराकर सड़क पर चलने लगे...तो क्या? मुझे लगा जैसे सड़क पर खड़ी वह लड़की मेरे अन्दर प्रवेश कर रही है। कुछ सालों बाद मैं भी किसी अस्पताल के बिस्तर पर पड़ा मौत का इन्तज़ार कर रहा हूँ। ठीक उसी तरह से जैसे एड्स से पीड़ित नाटक का चरित्र अन्त में मृत्यु की अन्धी गुफ़ा में प्रवेश कर जाता है और कई चरित्र उसी राह के राही हो चुके हैं।

मैं जल्दी से जल्दी इस ख़याल को भी मन से हटा देना चाहता था। मैंने अपनी नज़रें सड़क पर हो रहे घटना-क्रम पर गड़ा दीं। वह लड़की अब आराम से पटरी पर बैठी हुई थी। स्कूटर पर सवार होकर आये दो लड़कों मे से एक आगे खड़ी गाड़ी में बैठे व्यक्तियों से बात कर रहा था और सरदार लड़का सैंटरो में बैठे लड़कों से। अब तो बिल्कुल स्पष्ट हो चुका था कि मेरी पत्नी की असेसमेंट सही थी। हमेशा की तरह। और मेरी असेसमेंट ग़लत थी। हमेशा की तरह।

रात के ग्यारह बज चुके थे। सरदार लड़का उस लड़की के पास आया। उसने उससे कुछ बात की। दूसरी ओर से स्कूटर पर सवार लड़का भी उस लड़की के पास आया। उसने भी कुछ बात की।

पत्नी बोली—"यह लड़की क्यों डरने लगी, इसके साथ तो पूरा गैंग है।"

"यह लोग तो मोहरे हैं...असली बॉस तो कहीं आराम से बैठा या बैठी होगी" मैंने कहा और जोड़ा—"कि आजकल तो लड़कियाँ बहुत चुस्त हो गयी हैं और दो-चार मिलकर ख़ुद ही अपना धन्धा चलाने लगी हैं। नेट पर तो यह आम हो गया है।"

"पर यह सड़क पर क्यों खड़ी है...सड़क पर खड़ी लड़की को क्या कीमत मिलती होगी।"

लड़की से बात करने के बाद वे दोनों लड़के फ़ासले पर खड़ी दोनों गाड़ियों के पास गये और उनसे कुछ बात की। बात करने के बाद वे दोनों गाड़ियाँ चल दीं। वह लड़की भी बायीं दिशा में सड़क के किनारे-किनारे चलने लगी। उसकी चाल में सुस्ती थी। हमें लग रहा था कि उसका सौदा नहीं पटा और वह उदास होकर लौट रही है।

हमारी बीयर भी ख़त्म हो चुकी थी और मैंने खाना खाने का इसरार कर दिया। पत्नी उठकर रसोई में चली गयी और मैं बालकनी में बैठा आते-जाते ट्रैफ़िक को देखने लगा।

थोड़ी देर बाद देखता हूँ वही सैंटरो गाड़ी लौट रही है। उसमें कुछ लोग हैं।

गाड़ी के शीशे काले हैं। मैं अनुमान लगाता हूँ कि वह लड़की भी अब इसी गाड़ी में होगी। मैंने उस लड़की को गाड़ी में देखा नहीं, इसलिए आप मेरे अनुमान को टाइम-पास कह सकते हैं। लेकिन एक बात तो तय है कि वह लड़की और वे लड़के सिर्फ टाइम-पास नहीं कर रहे थे।

सरदार नच्छत्तर सिंह

सरदार नच्छत्तर सिंह सीढ़ियाँ मुश्किल से चढ़ रहा था। पिछले दिनों उसका शरीर धीरे-धीरे भारी और उसके घुटने शरीर का भारी वज़न उठाते-उठाते कमज़ोर हो गये थे। चलते हुए उसका शरीर कभी बायें डोल जाता तो कभी दायें। लगता जैसे अष्टावक्र चला आ रहा हो। पर उसका मुझसे मिलना ज़रूरी था, इसलिए अपने ही बदन को ढोता हुआ वो दायें-बायें गिरता-पड़ता सीढ़ियाँ चढ़े जा रहा था। उसकी साँस फूलने लगी थी। पिछले तीन दिन से वह मुझसे मिलने की कोशिश कर रहा था। उसे ज़रूर लगता होगा कि उसकी समस्या का कोई अचूक हल है मेरे पास। बहुत मशक़्क़त के बाद वह पहली मंज़िल तक पहुँचा और मेरे बेड-रूम में ही आकर धम्म से सोफे पर बैठ गया। उसके साथ उसका छोटा बेटा बल्लू भी था। सरदार नच्छत्तर सिंह की पगड़ी इतनी ढीली थी कि उसमें से उसके खिचड़ी केश नज़र आ रहे थे। दाढ़ी भी खुली हुई थी। उसकी आँखों में घोर निराशा तैर रही थी और चेहरे पर मुर्दनी।

बल्लू लगातार मेरी ओर देखे जा रहा था कि मैं ही बात का सिलसिला शुरू करूँ। मैंने पूछा—"हाँ तो बताइए...?"

मेरे पूछने की देर थी कि बाप-बेटे दोनों हाथ जोड़कर बोले—"बस मैं आपके पाँच मिनिट लूँगा...मेरी बात सुन लीजिए।"

मैंने कहा—"आपकी बात ही तो सुन रहा हूँ।"

सरदार नच्छत्तर सिंह के तीन बच्चे थे। दो लड़के और एक लड़की। उनका परिवार मुम्बई से माइग्रेट करके दिल्ली आया था। पैसा पास था। एक अच्छी पॉश कॉलोनी में बड़ा सा मकान खरीदा और कश्मीरी गेट में एक दुकान। स्पेअर मोटर-पार्ट्स का धन्धा उन दिनों ज़ोरों पर था और उनकी कमाई भी। बच्चे अभी छोटे-छोटे थे। घर में सब कुछ था। शायद संस्कार न थे और अगर थे भी तो अधूरे या कच्चे। नच्छत्तर सिंह की पत्नी पूरे मोहल्ले में 'बम्बई वाली' के नाम से जानी जाती थी। हाथ में पैसा था और दिल बड़ा। हर काम करने वाली माई उसी के घर में काम करना चाहती थी। इस नाते वह

मोहल्ले की अन्य घरेलू महिलाओं की ईर्ष्या का केन्द्र बन गयी थी।

बच्चे जैसे-जैसे बड़े होते गये, मुश्किलें बढ़ती गयीं। मोटर-पार्ट्स का धंधा भी धीरे-धीरे मन्दा पड़ने लगा। बचपन में बच्चों की लाड भरी आदतें मुसीबत का सबब बनने लगीं। वक़्त कब किसे क्या रंग दिखा दे, कोई नहीं जानता। बच्चे जैसे-जैसे बड़े होते गये वैसे-वैसे घर आर्थिक रूप से बैठता चला गया। अब नच्छत्तर सिंह के लिए अपने बच्चों के लाडों को निबाहना मुश्किल होने लगा। जवान होते लड़के मुँहज़ोर हो गये। उन्हें किसी बात या काम के लिए मना करने का मतलब था घरेलू लड़ाई का न्यौता। गाली-गलौज से बात शुरू होकर मार-पीट तक पहुँचती। धीरे-धीरे खिड़कियों के शीशे टूटे। बाद में घर के बर्तनों का नम्बर आ गया। कमरों की लड़ाई पूरी तरह से गली में आकर लड़ी जाने लगी।

बम्बई वाली यानी नच्छत्तर सिंह की बीवी गुरप्रीत ने घर सम्भालने के लिए घर की ही दूसरी मंज़िल पर ब्यूटीक खोल लिया। काम चलने लगा। गुरप्रीत खुले दिल के साथ-साथ सरल भी थी। उसकी मँझली बेटी हरप्रीत का एक टेलर-मास्टर अब्दुल से इश्क हो गया। शादी होना तो सम्भव था नहीं, हरप्रीत एक रात चुपके से अब्दुल के साथ भाग गयी और उन्होंने निकाह भी कर लिया। नच्छत्तर सिंह और सारे परिवार के लिए यह एक बहुत बड़ा सदमा था। पहले तो उन्होंने तरह तरह की बातें बनाकर इस तथ्य को छिपाने की कोशिश की। जब लोगों को सच्चाई का पता चलने लगा तो उन्होंने घर से निकलना ही बन्द कर दिया। यूँ पहले से ही बैठता हुआ बिजनेस पूरी तरह से बैठ गया। हरप्रीत की माँ गुरप्रीत ग़म खा गयी और एक दिन गुसलखाने में न जाने क्या-क्या सोचते हुए नहाते हुए ही गिर गयी। इससे पहले कि कोई डॉक्टर आ पाता, वो परलोक को प्यारी हो गयी। सरदार नच्छत्तर सिंह बुरी तरह से टूट गया। दुकान पर जाना बन्द कर दिया और दुकान धीरे-धीरे पूरी तरह से चौपट हो गयी। सरदार नच्छत्तर सिंह अपनी पत्नी की मृत्यु का दोष अपने दोनों लड़कों के सिर मढ़ता। बड़ा बेटा गुल्लू तो बाप की सुन लेता, लेकिन छोटा बेटा बल्लू पलटकर बाप को ही गालियाँ निकालने लगता। गुल्लू की पत्नी मनप्रीत अपने पति गुल्लू को हमेशा इस बात के लिए उकसाती रहती कि वह अपने 'दार जी की नाजायज़ बातें न सुने और वक़्त रहते प्रॉपर्टी में अपना हिस्सा ले ले।

"गुल्लू ने सानूं को घर से निकाल दिया है", नच्छत्तर सिंह की यह बात सुनकर मैं अपने स्मृति-लोक से उनके पास लौट आया।

"क्यों...क्यों वो आपका घर है, वहाँ से कोई आपको कैसे निकाल सकता है।"

"हम एक हफ़्ते से होटल में पड़े हैं भापा जी...बस पंज मिनट मेरी गल सुन लओ" बल्लू ने कहा।

"वही तो सुन रहा हूँ, पर आप मुझे डिटेल्स मत बताइए, यह बताइए कि असली प्राब्लम क्या है...आई मीन क्रस ऑफ दि मैटर।"

"बस पंज मिनिट" बल्लू ने फिर वही बात दोहराई।

"एक बात बताओ सिंह साहब, आप तो हमेशा गुल्लू की बड़ी तारीफ़ किया करते थे...आज बल्लू को साथ लिये मेरे पास आये हो...यह माजरा क्या है?"

मेरा सवाल सुनकर बल्लू की नज़रें ज़मीन में कुछ खोजने लगीं। सरदार नच्छत्तर सिंह ने अपनी ढीली हो गयी पगड़ी को थोड़ा घुमाकर सँवारने की कोशिश करते हुए कहा—"ओ खन्ना जी, कुछ मत पूछो.. शादी हो गयी न जी ते बस...इक मैं होंवां ते इक मेरी बन्नो, दूजा आवे ते पासे भन्नो"(एक मैं होऊँ और एक मेरी बीवी, कोई और पास आये तो उसकी हड्डियाँ तोड़ दो) कहकर नच्छत्तर सिंह के चेहरे पर दुख भरी मुस्कान फैल गयी। मुझे उस मुश्किल वक़्त में उनका सेंस ऑफ ह्यूमर अच्छा लगा।

"बस जी अब बल्लू ही है मेरा सहारा" अपने 'दार जी की बात सुनकर हाथ जोड़कर बल्लू मेरी ओर देखने लगा। दो-चार पल मैं भी कभी बल्लू और कभी सरदार नच्छत्तर सिंह के चेहरों को पढ़ने की कोशिश करता रहा।

दरअसल वे दोनों पूरी तरह से अव्यवस्थित हो चुके थे और खुद को इतना असुरक्षित अनुभव कर रहे थे कि शायद उन्हें समझ नहीं आ रहा था कि वे जल्दी से जल्दी अपनी बात मुझ तक कैसे पहुँचाएँ।

बातचीत का सिरा मैंने ही अपने हाथ में पकड़ते हुए कहा—"देखो, मुझे लगता है कि आपकी सारी प्रॉब्लम प्रॉपर्टी को लेकर है।"

सरदार नच्छत्तर सिंह ने अपने झुके हुए सिर को थोड़ा उठाते हुए कहा—"हाँ जी।"

"वो घर आपका है सरदार जी, आपको कोई उस घर से कैसे निकाल सकता है?"

"रात दे दो बजे मैनूं मारने आ गये...दोवें...नसदा नहीं तो की करदा...दोनों भाई लड़ पैंदे ते फेर पता नहीं की हो जांदा जी...हमने घर से निकलना ही ठीक समझा।"

"गुल्लू चाहता क्या है?"

"कहंदा है जी कि अद्धी जायदाद ओस दे नां कर दयां।"

"और आप क्या चाहते हो?"

"मेरे तीन बच्चे हैं जी...इक मैं...मैं चांहउदा हां कि चार हिस्से होण...सबदे बराबर...अद्धी ओनूं दे दयां, फेर मैं किथे जाऊँगा।"

"भापा जी, ओ कहता है भैण नाल साडा कोई वास्ता नहीं, ओने साडी नक कटाई है...फेर ओनूं हिस्सा कादे लई" इस बार बल्लू बोला।

"हूँ...मैं आपकी सारी बात समझ गया जी...सरदार जी पहले यह बताओ कि सारी प्रॉपर्टी किसके नाम?"

"मेरे" नच्छत्तर सिंह ने कहा।

"और यह सब आपने अपनी कमाई से बनाई है या बाप-दादों से मिली है?"

"वाहे गुरु की किरपा हुई है...मेरी ही कमाई की बरक़त है...गुरप्रीत इसी झगड़े-टंटे में चली गयी और मैनूं छड्ड गयी कल्ला, ए सब भुगतन लई" कहते-कहते सरदार नच्छत्तर सिंह की आँखें नम हो गयीं।

"अब जो मैं कहता हूँ, वो ध्यान से सुनो...इस सारी प्रॉपर्टी पर आपका क़ानूनी हक़ है...आप जिसे चाहो और जैसे चाहो, इसे बाँट सकते हो...चाहो तो विल करके या गिफ़्ट करके...न तो आपको इसके लिए कोई रोक सकता है और न ही आप पर कोई किसी तरह का दबाव डाल सकता है, चाहे वह आपका बेटा हो या कोई और...और अगर कोई धमकाता या डराता है तो आप पुलिस की और अपनी आर डब्ल्यू ए की मदद ले सकते हो।"

"पर भापा जी, हम होटल में कब तक रहें, वो तो हमें घर में ही नहीं घुसने देता" बल्लू ने बताया।

मैंने तुरन्त जूते पहने और कहा—"चलो अभी मेरे साथ, देखता हूँ कौन रोकता है...बस मेरी एक विनती है आपसे कि आप आज के बाद किसी भी कीमत पर अपना घर नहीं छोड़ोगे।"

उन्होंने स्वीकृति-सूचक सिर हिलाया और अपने भारी-भरकम शरीर को मुश्किल से हरक़त में लाते हुए सोफे से उठे। हम थोड़ी ही देर में उनके घर में थे।

गुल्लू कहीं जाने के लिए तैयार हो रहा था। मैंने उसे और उसकी पत्नी मनप्रीत को ड्राइंग-रूम में रुकने के लिए कहा। वे दोनों खामोशी से बैठ गये।

गुल्लू, बल्लू और हरप्रीत—यानी तीनों भाई-बहन मेरे सामने ही बड़े हुए थे, इसलिए उनके मन में मेरे लिए कहीं कुछ सम्मान का भाव था। मैं गुल्ले से ही मुख़ातिब हुआ—"यह क्या हो रहा गुल्लू, बाप को घर से निकाल दिया।"

"हमने कुछ कहा ही नहीं भापा जी, परसों ताया जी आकर सारा फैसला कर गये थे, फिर पता नहीं इन्हें क्या हुआ...रात को कभी भी हमारे कमरे का दरवाज़ा तोड़ने लगते हैं।"

अब मेरे सामने कहानी का दूसरा सिरा खुल रहा था।

''सरदार साहब, आपने यह नहीं बताया कि फ़ैसला हो चुका है...''

''हाँ जी होया तो था जी...पर कोई मन्ने ताँ न।''

''फ़ैसला लिखित है या मुँह-ज़बानी।''

''लिखित है'' बल्लू ने कहा।

''कहाँ है वो...दिखाओ मुझे'' मैं आगे बढ़ने से पहले उनके बीच हुए फ़ैसले को देख लेना चाहता था।

''वो ताया जी अपने साथ ले गये हैं।''

''फ़ोन पर मेरी बात करवाओ उनसे।''

बल्लू ने अपने ताया को फ़ोन मिलाया। जोगिन्दर सिंह नाम था उनका। उनके फ़ोन पर आते ही बल्लू ने फ़ोन मुझे पकड़ा दिया। ''सरदार जोगिन्दर सिंह बोल रहे हैं जी?''

''हाँ जी'' उधर से आवाज़ आयी।

''सत सिरिया काल, मैं दीपक खन्ना बोल रहा हूँ जी...यहाँ की आर डब्ल्यू ए का प्रधान...'' उसके बाद जो भी अब तक हुआ था, वो मैंने सब उन्हें बताया और उस लिखित समझौते को देखने की अपनी इच्छा ज़ाहिर की।

''सत सिरिया काल खन्ना जी, वो तो मैं किसी को नहीं दूँगा जी...पर मैं आपको बता सकता हूँ कि नच्छत्तर बड़ा फ़िकल माइंडेड है...यह आज से नहीं, शुरू से ही, यह जल्दी से कोई फ़ैसला नहीं ले सकता और इस बात की भी कोई गारंटी नहीं कि एक फ़ैसला लेने के बाद वह उस पर कायम रहे...और मैं उनके बीच भी नहीं पड़ूँगा, पर मेरी बेनती है आपजी नूं कि आप जैसे भी हो इनका कोई पुख़्ता फ़ैसला करवा दो...नहीं तो यह मर जायेगा या भाई आपस में लड़ेंगे और पता नहीं कौन किस ते भारी पड़ जाये...हाँ आपजी नूं जे मेरी लोड़ पड़े तो कदे वी मुझे फ़ोन कर सकते हो'' यह कहकर उन्होंने फोन बन्द कर दिया।

उसी वक़्त कमरे में पड़ोसी सरदार ढिल्लो दाखिल हुए और उन्होंने अपने कुछ अनुभव बताते हुए कहा—''खन्ना साहब आप आये हो न, इनका कोई फ़ैसला करवा के ही जाओ।''

परिवार के सभी लोग मेरी ओर देखने लगे। मैंने सभी पहले वाली बातें ही दोहरा दीं और पूछा कि किसी को कुछ कहना है तो अभी इसी वक़्त कह ले। परिवार में पड़ी समस्याओं की एक ऐसी गुंजलक मेरे सामने खुलने लगी, जिसका कोई सिरा मेरे हाथ नहीं आ रहा था। लगभग एक घण्टा तक उनकी बातें सुनने के बाद मैंने कहा—''ठीक है, यह सब आपकी पारिवारिक बातें हैं, आप आपस

में बैठ के सुलझाइए, हाँ कोई झगड़ा-तमाशा मोहल्ले में नहीं होना चाहिए और जब भी आप सभी का मन बने फ़ैसला करने का, मुझे बुला लीजिए, मैं आ जाऊँगा ...बस एक बात याद रखिए कि उस वक़्त जो भी फ़ैसला होगा, पूरी तरह से लिखित होगा और सभी को मानना पड़ेगा...यह मंजूर न हो तो मुझे मत बुलाइए।''

इस बात के ठीक चार दिन बाद एक फ़ोन आया—''हलो, आप दीपक खन्ना बोल रहे हैं।''

मैं उस वक़्त चाँदनी चौक वाले हल्दीराम में अपनी पत्नी के साथ बैठा छोले-भठूरे खा रहा था।

''जी, दीपक बोल रहा हूँ...कौन?''

''सत सिरिया काल जी, मैं जसमीत सिंह बोल रहा हूँ जी गुरुद्वारा रकाबगंज से...आप अपनी आर डब्ल्यू ए के प्रधान हैं जी।''

''जी, बताइए।''

''इसी महीने की सत्ताईस तारीख़ को एक मीटिंग रखी हे जी फ़ैमिली कोर्ट की...''

मेरी पत्नी ने मेरी ओर से थोड़ी सख़्त निगाह से देखा, जैसे कह रही हो कि पहले खा तो लो, फिर बात कर लेना। मैंने हाथ के इशारे से ही उसे समझाने की कोशिश की कि वह खाना जारी रखे और मैं अपनी बात। कहा—''मैं कुछ समझा नहीं जसमीत जी।''

''सरदार नच्छत्तर सिंह हैं न जी आपकी ब्लॉक में, उनकी फ़ैमिली का झगड़ा है...''

''वो तो मैं जानता हूँ, पर मेरा आपकी कोर्ट में क्या काम है?''

''यह कोई ऐसी-वैसी कोर्ट नहीं है, इसमें रिटायर्ड जजेज़ हैं, एडवोकेट हैं...हम अभी सात सौ से ज़्यादा फ़ैमिली झगड़े सुलझा चुके हैं...आप भी एक सोशल-वर्कर हैं तो आपकी मदद हमें इस मामले में चाहिए।''

मैंने उन्हें अपना और सरदार जोगिन्दर सिंह का अनुभव बताते हुए कहा—''मैं अपना टाइम ज़ाया करने नहीं आऊँगा।''

''ऐसा नहीं है जी, यहाँ जो भी फ़ैसला होगा, इन सबको मानना पड़ेगा।''

''यह बड़े फ़िकल माइंडेड लोग हैं, आपका भी वक़्त खराब करेंगे और मेरा भी।''

''आप जैसे लोगों को हम अपने साथ जोड़ना चाहते हैं खन्ना जी...आप एक बार यहाँ आकर देखिए सो सही।''

इधर बार-बार पत्नी इशारों से समझा रही थी कि छोले-भठूरे ठण्डे हो रहे हैं। ऐसे में मुझे यही कहना ठीक लगा—''ठीक है आप फार्मल इन्वाइट भेज दीजिए,

मैं आ जाऊँगा।''

अभी मैंने फ़ोन बन्द किया ही था कि बल्लू का फ़ोन आ गया। मैंने उसका नाम मोबाइल-स्क्रीन पर देखकर उस फ़ोन को अटेन्ड न करना ही उचित समझा।

नियत दिन पर मैं फ़ैमिली कोर्ट में जाने के लिए तैयार हो ही रहा था कि बल्लू का फ़ोन बजा। मैंने इधर से कहा–''हाँ, बल्लू, कहो, क्या बात है?''

''भापा जी, ओ कोर्ट वाली मीटिंग पोस्ट-पोन्ड हो गयी है।''

''क्यों?'' मैंने हैरानी भरे स्वर में पूछा।

''ओ मैं आप जी नूं घर आके दसां गा।''

हद तो तब हो गयी, जब उसी रात कोई एक बजे सरदार ढिल्लो का फ़ोन आया और उन्होंने मुझसे कहा कि जल्दी से नच्छत्तर सिंह के घर पहुँचू। गले में जल्दी से कुर्ता पहनते हुए मैं जब सरदार नच्छत्तर सिंह के घर पहुँचा तो देखा कि वहाँ चार-छह लोग पहले से ही मौजूद थे और पुलिस की जिप्सी भी पहुँची हुई थी। बल्लू और गुल्लू, दोनों भाइयों के सिर से खून बह रहा था। सरदार नच्छत्तर सिंह वहाँ पास ही खड़े-खड़े काँप रहे थे। मुझे सारा माजरा समझते देर नहीं लगी। इससे पहले कि मैं जिप्सी से आये पुलिस-कर्मियों से कोई संवाद बना पाता, वहाँ की लोकल पुलिस का एक सब-इंस्पेक्टर और एक कांस्टेबल भी आ पहुँचे। सब-इंस्पेक्टर रघुनाथ प्रसाद सिंह मुझे अच्छी तरह से जानता था। उसने मुझसे ही मुख़ातिब होते हुए कहा–''खन्ना जी, यह क्या रोज़-रोज़ का ड्रामा बना रखा है इन्होंने।''

''एक मकान और एक दुकान को लेकर दोनों भाई एक-दूसरे के दुश्मन हो रहे हैं...सारा मोहल्ला इनसे परेशान हो चुका है...न यह कोई फ़ैसला करते हैं और न ही लड़ना छोड़ते हैं।''

फिर उसने सरदार नच्छत्तर सिंह की ओर देखा। उसके सिर पर पगड़ी नहीं थी। शायद दो भाइयों की हाथा-पाई ने बाप की पगड़ी उतार दी थी। वह हाथ जोड़े थर-थर काँप रहा था।

''कौन से बेटे से डर है सरदार जी... बोलो, अभी, इसी वक़्त उसे अन्दर करता हूँ। दो दिन हवालात में रहेगा, माथा ठण्डा हो जावेगा...बोलो यह बल्लू, गुल्लू या दोनों...आज दोनों को ही ठोंकता हूँ हवालात में...वहीं लड़ना ससुरो...खन्ना जी, इनकी ज़मानत करवाने मत आना मेरे पास...ससुरों ने गदर मचा रखा है...जान ले लेंगे यह सरदार की...चलो, बैठो जीप में भैण ...''

बल्लू और गुल्लू–दोनों जीप की ओर बढ़ने लगे कि अचानक सरदार नच्छत्तर

सिंह अपने दोनों हाथ बाँधे इंस्पेक्टर के सामने आकर गिड़गिड़ाने लगा—"नहीं थानेदार साहब, नहीं, इन्हें मत ले जाओ...यह बन्द हो जायेंगे तो मैं वैसे ही मर जाऊँगा ...अब हम नहीं लड़ेंगे...बल्लू माफी माँग इनसे और गुल्लू तू भी..."

इंस्पेक्टर रघुवर प्रसाद के संग मेरे समेत वहाँ खड़े तमाम लोग हतप्रभ थे।

□ □ □